ATTENTION !
Cette bande dessinée est publiée dans son sens de lecture original japonais, les bulles se lisant de droite à gauche.
Vous êtes donc ici à la FIN !

Dépôt légal à parution
ISBN 978-2-37506-307-1

Directeur de collection : Yves Huchez

Traduction : Isabelle Eloy
Correction : Fox, Tadpole & bunny
Conception graphique : Prédatorias
Adaptation graphique et lettrage : Jean-François Leyssène
Imprimé en France par Imprimerie Dupliprint

Bonjour, enchantée, c'est Meguru Hinohara. Je vous remercie vraiment d'avoir acheté le premier volume de *Les écailles d'un dieu*.

J'ai pu réaliser mon souhait d'écrire un BL et j'en ai que de bons souvenirs, à part un seul...
Dessiner les écailles de dragon s'est avéré plus difficile que prévu !

Je me souviens encore du moment où je me suis aperçue que les écailles que j'avais dessinées à corps perdu page après page étaient dans le mauvais sens et où je les ai toutes refaites en pleurant juste avant la date butoir.

Comme l'histoire a débuté en magazine de prépublication il y a plus de trois ans, j'ai profité de la publication en broché pour faire beaucoup de corrections et de rajouts de scènes (un grand merci à mon responsable éditorial pour avoir accepté).
Si vous avez apprécié ne serait-ce qu'un peu ce manga, je serai comblée.

C'EST COMME ÇA QUE VOUS DITES ?
Aucune importance !
BOBOM
J'aurais cru que vous utiliseriez une expression plus désuète !
QUE CHOISISSEZ-VOUS ?
BONNE QUESTION.
INDÉCIS
INDÉCIS
SIRÈNE
BAISER
INDÉCIS
BAISER
CLING
SIRÈNE
PAS LE CHOIX. C'EST D'ACCORD SI ÇA NE DURE PAS LONGTEMPS !
VOUS ÊTES CRUEL !
DANS CES CONDITIONS, JE N'APPRÉCIERAI PAS ! SI VOUS NE M'AIDEZ PAS, SORTEZ !
HEIN ? ET LES SIRÈNES ?
JE NE VOUS RÉPONDRAI PAS !
POUSSE
POUSSE
SEUL
TOUT
GRR
GRR
ET MOI QUI CROYAIS QU'IL SAUTERAIT SUR L'OCCASION POUR M'EMBRASSER.
IL EST JALOUX AU POINT DE ME REPOUSSER.
JE TROUVE PEUT-ÊTRE ÇA MIGNON.
Sieur Chiharu est trop stupide.
Et les sirènes aussi.
FIN

HEIN ?
HOP
EST-CE QU'ELLES SONT BELLES COMME CELLES DE L'OCCIDENT
OU EST-CE QU'ELLES ONT UNE APPARENCE RÉPUGNANTE COMME CELLES DU JAPON ?
VOUS VOUS INTÉRESSEZ AUX SIRÈNES ?
HEIN ? ÉVIDEMMENT. JE SUIS UN HOMME.
ET PUIS, JE N'ARRIVE PAS À ÉCRIRE, EN CE MOMENT. JE SUIS À LA RECHERCHE D'UNE SOURCE D'INSPIRATION QUELLE QU'ELLE SOIT.
C'EST D'ACCORD. JE VEUX BIEN VOUS RÉPONDRE,
MAIS EN ÉCHANGE,
VOUS ACCEPTEZ QUE JE VOUS EMBRASSE.
...

MÊME S'IL AFFIRME NE PAS VOULOIR SE MARIER AVEC MOI, SIEUR CHIHARU FAIT PREUVE D'UN GRAND INTÉRÊT À MON ÉGARD !
J'aimerais voir...
... vos mains.
Vos pouvoirs divins !
QU'EST-CE QU'IL EST MIGNON ♡
EUH... RIN, VOUS AURIEZ UNE MINUTE ?
CURIEUX
LE VOILÀ JUSTEMENT.
OUI, QU'Y A-T-IL ?!
JE SAIS QUE JE NE DEVRAIS PAS VOUS DEMANDER ÇA, MAIS
JE NE PEUX PAS M'EMPÊCHER DE M'Y INTÉRESSER.
ROUGIT
MA QUESTION N'A RIEN D'INDÉCENT. ELLE TÉMOIGNE JUSTE D'UN GRAND INTÉRÊT.
BOBOM
O... OUI.
EUH...
À QUOI RESSEMBLENT LES SIRÈNES ?

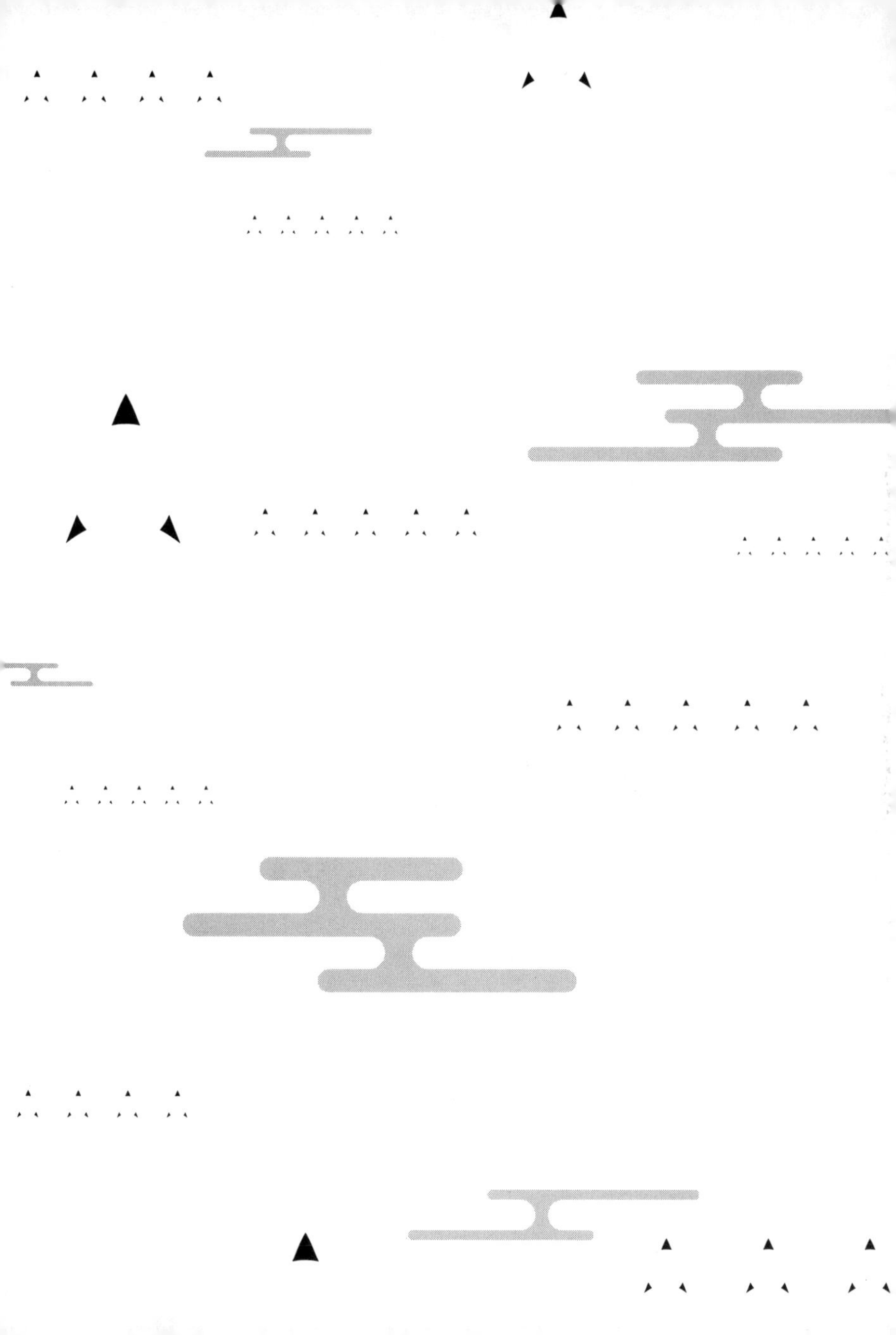

Hum.
C'EST DIFFICILE DE LA RENDRE PROPORTIONNELLE À CE CORPS.
OH ! ELLE EST SUPER BIEN FAITE. C'EST RIGOLO.
VOUS POUVEZ CHANGER AUTRE CHOSE ?
Elle est longue
MOELLEUSE
MOELLEUSE
SAUTE
SAUTE
BOBOM
BOBOM
IMPATIENTS
BIEN SÛR ! VOYONS...
FROTTE
FROTTE
LES YEUX, PAR EXEMPLE !
GLOBULEUX
GLOBULEUX
TADAM
!
?
VOTRE VISAGE NE LAISSE PAS INDIFFÉRENT.
BRR
VRAIMENT ? DE QUOI J'AI L'AIR ?
EUH... DISONS QUE SI JE TOMBAIS SUR VOUS AVEC CETTE TÊTE EN PLEINE NUIT, JE MOURRAIS D'UNE CRISE CARDIAQUE.
À CE POINT-LÀ ?
! FIN !

BON, D'ABORD LES OREILLES.
PFUIT
VOILÀ, C'EST FACILE.
ET LES CORNES ?
GZZZT
GZZZT
ELLES SONT ÉLECTRIFIÉES, ALORS NE LES TOUCHEZ PAS.
ET LA BARBE ?
MOELLEUSE
J'EN SUIS TRÈS FIER ♡

AU DÉBUT, RIN ME FAISAIT PEUR, MAIS AU FUR ET À MESURE...
QUE CE SENTIMENT A DIMINUÉ,
MA CURIOSITÉ À L'ÉGARD DE CET ÊTRE FANTASTIQUE A AUGMENTÉ. EST-CE PARCE QUE JE SUIS ÉCRIVAIN ?
De quelle couleur est son sang ? Combien a-t-il de cœurs ?
Peut-on le tuer avec une arme humaine ?
COMME VOUS POUVEZ CHANGER LA FORME DE VOS MAINS,
VOUS POUVEZ FAIRE DE MÊME AVEC D'AUTRES PARTIES DE VOTRE CORPS ?
HOP
OUI, AVEC MES PIEDS ET MA QUEUE.
POUR LE RESTE DU CORPS, JE N'AI JAMAIS ESSAYÉ.
!
J'ESSAIE POUR VOIR ?
Si mignon ♡
BRILLE
BRILLE
JE VEUX BIEN, OUI !

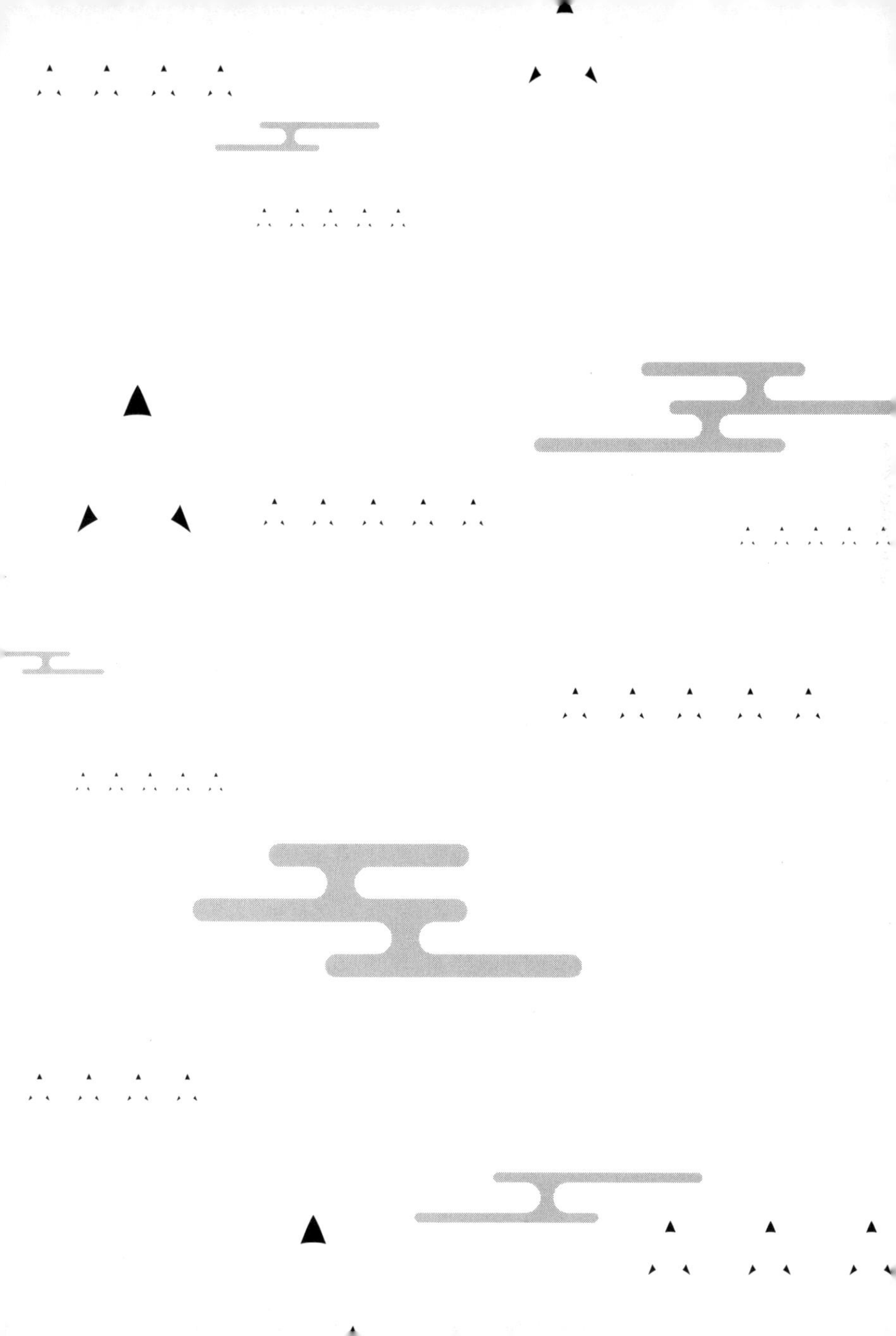

GRR
JE VAIS TE PUNIR.
À SUIVRE.

À CAUSE DE LUI, TU ES DEVENU...
ACCRO À TON APPARENCE HUMAINE.
TU EN AS OUBLIÉ TA MISSION.
C'EST PITOYABLE, RIN.
TOUT ÇA, C'EST DE LA FAUTE DE CET HOMME.
IL N'EST PAS DIGNE DE...
TAIS-TOI.
TU AS BLESSÉ, MÉPRISÉ ET EFFRAYÉ...
BRAOUM
CELUI QUI COMPTE
LE PLUS POUR MOI.
BRAOUM

SIEUR CHIHARU.
VOUS ÊTES BLESSÉ !
HAN
GNN
GNN
UN PEU,
MAIS ÇA VA.
C'EST QU'UNE ÉGRATI-GNURE.

TCHAC
BADAM
BADAM
BADAM
!
RIN !
TENKO ?
QU'ES-TU VENU FAI...
GRR
AH

?!
ÇA FAIT MAL !
D'ABORD UN ŒIL.
PLIC
PLIC
ENSUITE UNE OREILLE.
PUIS LE NEZ.
QUE...
QU'EST-CE QU'IL RACONTE ?
J'AI PEUR.
NE BOUGE PAS.
TAC

TU FAIS ERREUR.
UN RENARD ?
IL PARLE.
C'EST AUSSI UN DIEU ? OU UN FANTÔME ? C'EST QUOI ?
BRR
C'EST DE LA PERSONNE PROMISE AU DRAGON...
QUE JE DOIS M'OCCUPER.
ONDULE
À SAVOIR, TOI.
TCHAC

DE LA VISITE.
TAP
TAP
TAP
TAP
EUH...
VOUS ÊTES UNE CONNAISSANCE DE RIN ?
SI OUI, REVENEZ QUAND IL SERA...

VLAN
...
QU'EST-CE QU'IL Y A ?
DÉSOLÉ,
JE NE PEUX PAS RESTER. J'AI UNE AFFAIRE URGENTE
À RÉGLER.
TAP
?!
CETTE SENSATION...
COMMENT ÇA ?!

?!
IL Y A DEUX...
KÔTA ?!
QUI...
C'EST ?
BRR
HEIN ?
ÉCRASE
ÉCRASE
ÉCRASE
CHIHARU...

EST-CE QUE J'AURAIS DÛ...
ÊTRE PLUS GENTIL...
AVEC LUI ?
C'EST UNE BONNE CHOSE, NON ?
TU VOULAIS METTRE RIN DEHORS, PAS VRAI ?
S'IL NE REVIENT PAS, C'EN SERA FINI DE CETTE HISTOIRE DE MARIAGE.
C'EST...
HM ?
COMMENT TU SAIS ÇA ?
ぐちゃ
ÉCRASE
CHIHARU !
DEPUIS QUAND RIN A UN PETIT BOULOT ?
ÇA FAIT TOUT UN FOIN À LA LIBRAIRIE !
ぐちゃ
ÉCRASE
ぐちゃ
ÉCRASE

JE VAIS...
ME PROMENER.
OH.
JE VOIS.
ALORS COMME ÇA, IL MENT, LUI AUSSI.
CHOQUÉ
POURQUOI IL DISPARAÎT AUSSI FACILEMENT, ALORS QUE...
QUAND JE LUI AI DEMANDÉ DE PARTIR, IL A REFUSÉ DE BOUGER ?
J'AI ÉTÉ TROP DUR
CONCERNANT LE LIVRE, L'AUTRE FOIS ?
VOUS ÊTES LOURD !
GRR
HEIN ?!
TAC
À MOINS QU'IL Y AIT AUTRE CHOSE.
...
IMAGINATION DÉBORDANTE

AH, KÔTA.
QU'EST-CE QU'IL Y A ?
J'AI OUBLIÉ LA CLÉ DE LA MAISON.
JE PEUX RESTER ICI JUSQU'À CE QUE MAMAN REVIENNE ?
FOUIT
FOUIT
C'EST CALME.
OÙ EST RIN ?
IL SORT TOUS LES JOURS, CES DERNIERS TEMPS.
IL VA OÙ ?
SAIS PAS.
TU NE LUI AS PAS DEMANDÉ ?
(RII
SI,
JE L'AI FAIT, MAIS...
TIENS,
VOUS SORTEZ ?
!
GLOUPS
AH... GH...
EUH...
?

CRII
Vous devez être fatigué. Mangez-les.
CLAC
SILENCE
...
C'EST CALME.
RSHH
AH
CHIHARU !

S'IL L'APPREND, EST-CE QU'IL SERA EN COLÈRE...
OU SURPRIS ?
NÉANMOINS,
L'insensibilité
Chiharu Izunome
Lauréat du 114e prix bungakukai du débutant
Première œuvre du jeune écrivain plein d'esprit
Le petit-fils de Shizue Izunome !
MENTIR À SIEUR CHIHARU...
ÇA ME FAIT MAL AU CŒUR.
PLUS QUE QUELQUES JOURS.
PARDONNEZ-MOI, SIEUR CHIHARU.

UNE SEMAINE PLUS TARD
BOOK
BIENVENUE !
RIN A VRAIMENT UN PETIT BOULOT.
Oh !
Ben ça alors
OUI ! ACHETEZ AUTANT QUE VOUS VOULEZ !
DEMANDEZ-MOI EN CAS DE BESOIN.
MADAME YAMADA M'A EMBAUCHÉ POUR QUELQUES JOURS LE TEMPS DE GAGNER ASSEZ D'ARGENT
POUR ACHETER LE LIVRE QUE JE VEUX, SELON SES PROPRES MOTS.
COMME ÇA, JE POURRAI ME PROCURER CE ROMAN SANS QUE SIEUR CHIHARU NE LE SACHE !
ON EST REVENUES.
BIEN-VENUE.
Je te l'emprunte.
C'EST AGRÉABLE DE TRAVAILLER ENTOURÉ DE GENS,
MAIS...
Bye, bye

OUI, JE SAIS. VOUS L'AVEZ LU, VOUS AUSSI ?
BIEN SÛR QUE OUI ! COMME C'EST UNE SOMBRE HISTOIRE, IL FAUT ÉVITER DE LA LIRE QUAND ON N'A PAS LE MORAL.
Ha Ha Ha Ha !
JE NE SUIS PEUT-ÊTRE PAS OBJECTIVE PARCE QUE L'AUTEUR EST D'ICI, MAIS J'AIME TOUT SIMPLEMENT SON CONTENU.
DEPUIS QU'IL A ÉTÉ MIS EN VENTE, IL EST EN TÊTE DE GONDOLE DANS LA LIBRAIRIE.
!
MERCI !
HEIN ? POURQUOI ME REMERCIER ?
J'AIMERAIS RACONTER TOUT ÇA À SIEUR CHIHARU !
ACHÈTE-LE, TOI AUSSI !
J'AI-MERAIS BIEN, MAIS
JE N'AI PAS D'ARGENT QUE JE PEUX UTILISER LIBREMENT.
OH, C'EST PAS PRATIQUE.
AH ! DANS CE CAS...
?

L'insensibilité
Chiharu Izunome
Lauréat du 114e prix bungakukai du débutant
Première œuvre du jeune écrivain plein d'esprit
Le petit-fils de Shizue Izunome !
L'insensibilité
Chiharu Izunome
Lauréat du 114e prix bungakukai du débutant
Première œuvre du jeune écrivain
Le petit-fils de
OH !
DIRE QU'IL EST JUSTE SOUS MES YEUX.
HU HU HU
TIENS, BIENVENUE, RIN.
BONJOUR, MADAME YAMADA.
IL S'AGIT DU LIVRE DE L'ÉCRIVAIN ORIGINAIRE D'ICI !

LAISSEZ-MOI LE LI...
S'IL VOUS PLAÎT !
C'EST HORS DE QUESTION.
AH...
IL A CATÉGORIQUEMENT REFUSÉ,
MAIS...
TAP
TAP
TAP
TAP
BOOK
JE NE PEUX PAS ABANDONNER.

...
カチャ
TAC
JE SUIS SÛR QUE VOUS ALLEZ LE TROUVER ENNUYEUX,
MAIS
HUM
VOUS VOUS OCCUPEZ DE TOUT DANS LA MAISON.
SI CE LIVRE PEUT SERVIR DE CADEAU DE REMERCIEMENT, ALORS...
OUI. JE VAIS LE LIRE ATTENTIVEMENT ET M'EN SERVIR DE RÉFÉRENCE !
DE RÉFÉ- RENCE ?
LES ROMANS SUINTENT LES DÉSIRS LATENTS ET LES PENSÉES DE LEUR AUTEUR.
LIRE LE VÔTRE, C'EST LA VOIE ROYALE POUR DEVENIR VOTRE ÉPOUX !
CE N'EST PAS MON ROMAN QUI VOUS INTÉRESSE, MAIS MES GOÛTS.
PAS DU TOUT ! BIEN SÛR QU'IL M'INTÉRESSE.

HEIN ?
JE VEUX ME FAMILIARISER AVEC VOTRE UNIVERS.
J'AI ENVIE DE LE LIRE PARCE QUE C'EST VOUS QUI L'AVEZ ÉCRIT.

IL N'EST PAS INTÉRESSANT.
IL N'EST PAS AUSSI BIEN QUE LES GENS LE DISENT.
S'IL A ATTIRÉ L'ATTENTION, C'EST UNIQUEMENT PARCE QUE JE SUIS LE PETIT-FILS DE MA GRAND-MÈRE.
...
LA VÉRITÉ, C'EST QU'IL N'ARRIVE PAS À LA CHEVILLE DE SES ŒUVRES À ELLE.
IL EST NUL.
?
POURTANT, SHIZUE N'A RIEN À VOIR AVEC VOTRE ROMAN, N'EST-CE PAS ?

POUR NOUS, LES HISTOIRES SONT LA VIE ELLE-MÊME.
C'EST SANS DOUTE POUR ÇA QU'ON EST IRRÉSISTIBLEMENT ATTIRÉS...
PAR LES RÉCITS ÉCRITS PAR LES HUMAINS...
ET PAR LES HUMAINS QUI DONNENT VIE AUX RÉCITS.
VOTRE ROMAN DOIT DÉPEINDRE UN MONDE MERVEILLEUX.
J'AI ENVIE DE LE LIRE !
VOUS EXAGÉREZ ...
Pourquoi il faut toujours qu'il me prenne la main ?
VOUS FAITES FAUSSE ROUTE.
POF

LES PENSÉES DES HOMMES DONNANT VIE À DES ÊTRES SURNATURELS ?
J'AI DÉJÀ LU ÇA QUELQUE PART.
MAIS ALORS...
VOUS ÊTES NÉ DE CE CONTE TRADITIONNEL DU DRAGON, VOUS AUSSI ?
C'EST ÇA.
AUTREFOIS, BEAUCOUP DE GENS CROYAIENT À CES CONTES.
...
DANS CE CAS,
LES SIRÈNES, LA FEMME DES NEIGES ET LES NYMPHES CÉLESTES EXISTENT AUSSI ?
CHOQUÉ
BIEN SÛR, MAIS ELLES NE SE LAISSENT PAS VOIR.

DE LA NATURE ?
VOUS EXISTEZ DEPUIS BIEN PLUS LONGTEMPS QUE LES HUMAINS,
NON ?
VOUS N'ÊTES PAS LOIN !
NOUS SOMMES TOUS ISSUS D'HISTOIRES.
ELLES SÉDUISENT LES GENS SOUS DIFFÉRENTES FORMES,
TRADITIONS, MYTHES, CHANTS, DOGMES, RUMEURS, ET J'EN PASSE.
ELLES ONT BEAUCOUP D'IMPACT.
EN NAISSENT DE FORTES CROYANCES COMME « ILS EXISTENT PEUT-ÊTRE » OU « CE SERAIT BIEN S'ILS EXISTAIENT ».
CE SONT LES ESPRITS DE CES GENS-LÀ QUI NOUS DONNENT VIE.

HEIN ?
MON LIVRE ?
OUI. LAISSEZ-MOI LIRE L'HISTOIRE QUE VOUS AVEZ ÉCRITE !
GÊNÉ
GÊNÉ
GÊNÉ
GÊNÉ
GÊNÉ
GÊNÉ
Y a cinq étages.
BOING
BOING
TOURNE
TOURNE
TOURNE
TOURNE
VOUS SAVEZ LIRE, RIN ?
Hein ?
É... ÉVIDEMMENT ! J'AI TOUJOURS ADORÉ LES LIVRES.
ÉTON-NANT.
LES HISTOIRES ÉCRITES PAR LES HOMMES DOIVENT ÊTRE ENNUYEUSES POUR LES DIEUX.
BIEN SÛR QUE NON ! VOUS VOUS TROMPEZ !
S'ENFLAMME
KOF
SAVEZ-VOUS
D'OÙ NOUS VENONS, NOUS, LES DIEUX ?
D'OÙ ?
Vous m'avez fait peur.
BOBOM
BOBOM
BOBOM

しぴぴぴぴっ
COMME AVANT
SOURIT
ニコッ
BON, ALLONS-Y.
VEILLE À CE QUE J'ARRIVE À LUI DIRE COMME IL FAUT !

C'ÉTAIT QUOI, ÇA ?
SPLASH
AH
VRAIMENT TROP BEAU.
J'AI FRANCHEMENT...
L'IMPRESSION QU'IL FAIT CE QU'IL VEUT DE MOI.
くやしい…
DÉPITÉ
?
?
COMMENT JE PEUX ME LAISSER ÉMOUVOIR PAR CE TYPE
QUI EN FAIT TOUJOURS DES TONNES ?
RIN,
J'AI ENVIE DE FAIRE UNE PAUSE. JE POURRAIS AVOIR DU THÉ ?
OUI !
NOUS Y VOILÀ ENFIN, URARA.
スカッ
TRANSPARENT
C'EST AUJOURD'HUI QUE JE DOIS LUI FAIRE PART DE MA REQUÊTE.

PLITCH!
PLOP
!
HOP
CARESSE
UN OISEAU ?
AH.
UNE FLEUR.

HA HA HA !
SPLASH
SPLASH
Bravo !
ILS JOUENT AVEC L'EAU.
La chance...
FIXE
OUAH... IL PEUT AUSSI FAIRE ÇA ?
AH
AH.
J'ai fait trop de bruit.
Il me regarde.
Qu'est-ce que je dois faire ?
PLITCH
OH.
PLITCH
PLITCH
PLITCH
OOOH...
CLAP
CLAP
CLAP
!

DANS LA VIE DES HOMMES, IL Y A BEAUCOUP DE RÈGLES.
IL EST INTERDIT DE CONSOMMER DES ANIMAUX VIVANTS,
IL FAUT FINIR LA LESSIVE TANT QUE LE SOLEIL EST HAUT,
ET ON DOIT PASSER L'ASPIRATEUR TRÈS TÔT LE MATIN.
QUAND SIEUR CHIHARU EST CLOÎTRÉ DANS SA CHAMBRE,
JE NE DOIS PAS FAIRE DE BRUIT POUR NE PAS LE DÉRANGER.
GNAP GNAP
HÉ LÀ.
SI TU VEUX T'AMUSER, ON PEUT JOUER À ÇA, URARA.
FLOC FLOC FLOC
!

TIENS ?
C'EST CHIHARU.
QU'EST-CE...
QU'IL FAIT LÀ ?
VLAF

Les écailles d'un dieu...
Chapitre 4

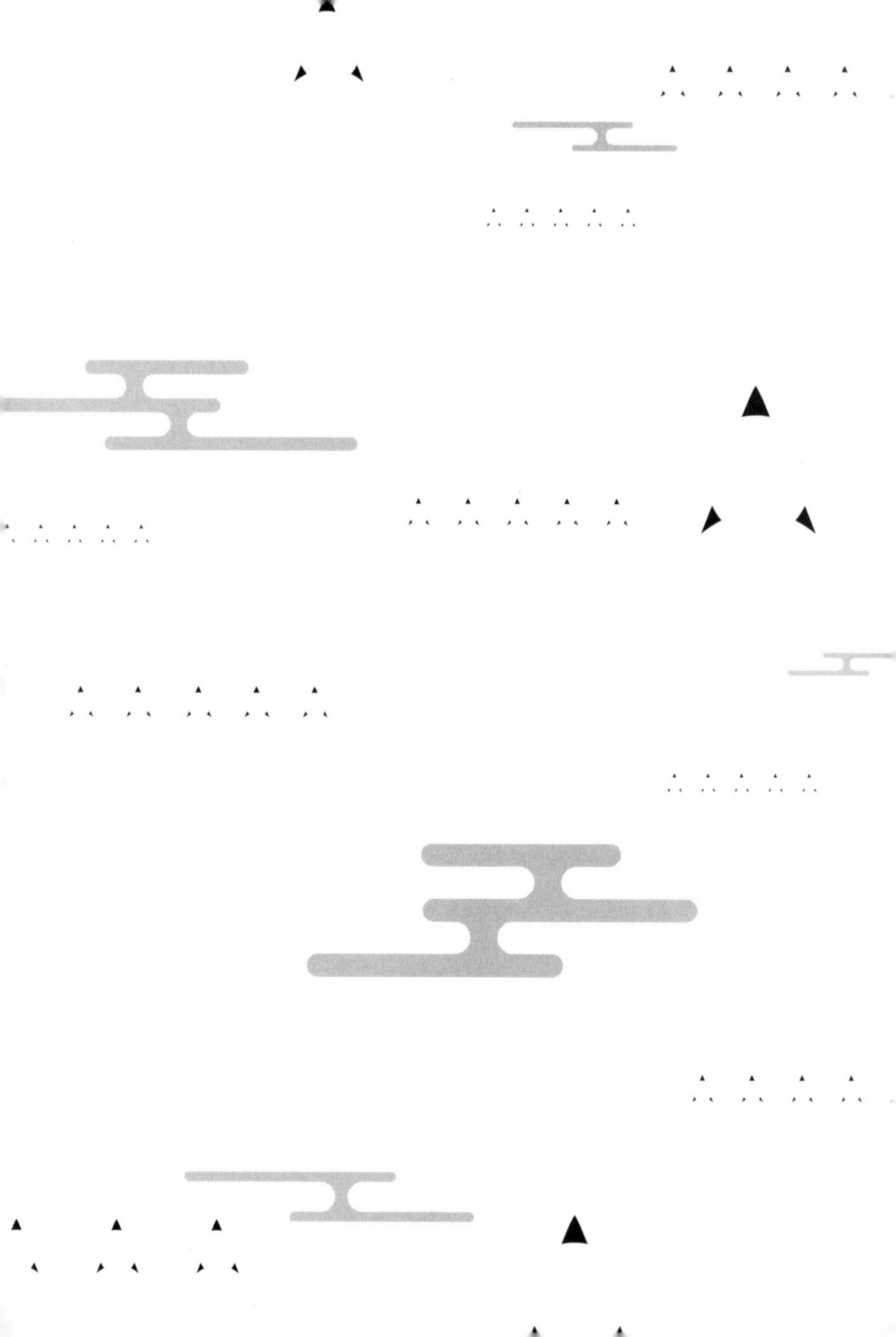

JE SUIS TELLEMENT HEUREUX.
LE LENDEMAIN
JE VIENDRAI VOUS DÉBARRASSER DE VOTRE FATIGUE CE SOIR AUSSI ♡
BOUGEOTTE
Comme ça faisait longtemps qu'il n'avait pas aussi bien dormi, il est en pleine forme
TAC TAC TAC TAC
NON MERCI. DORMEZ DANS VOTRE PROPRE CHAMBRE.
ET N'ENTREZ PAS DANS LA MIENNE SANS MA PERMISSION.
TIENS ?!
Du sel.

FIN

キュウゥ ÉMU ～ン…!!!
VOUS ÊTES TROP MIGNON, SIEUR CHIHARU !
ÉTAIT RÉVEILLÉ, FINALEMENT
NON SEULEMENT J'AI EU DROIT À UN LIT POUR DORMIR, MAIS EN PLUS, ON A PU PASSER UNE NUIT ENSEMBLE !
VOUS VOUS ÊTES BLOTTI CONTRE MOI ! ET MÊME SI JE VOUS AI SERRÉ DANS MES BRAS, VOUS NE M'AVEZ PAS FRAPPÉ !
J'AI ENVIE DE VOUS TOUCHER DAVANTAGE, MAIS SI JE FAIS QUELQUE CHOSE D'INCONVENANT, VOUS ALLEZ ME JETER. JE DOIS TENIR BON !
VOUS ÊTES SI PRÈS.

HM...
SERRE
J'AI CRU QU'IL S'ÉTAIT RÉVEILLÉ.
SOULAGÉ
ÇA CRAINT. S'IL SE RÉVEILLE...
DANS CETTE POSITION, IL EN FERA TOUT UN FOIN.
SOMNOLE
BLOTTI
JUSTE ENCORE UN PEU.
ZZZ
ZZZ

S'APPROCHE
MOELLEUX
OUAH... FINALEMENT,
QUAND JE ME COLLE À LUI, JE ME SENS SOULAGÉ ! POURQUOI ?!
IL EST CHAUD, IL SENT BON ET...
JE L'AI AUSSI SENTI SUR L'ARBRE, MAIS...
C'EST QUOI CET ÉTRANGE SENTIMENT DE SÉCURITÉ ?
AH
EST-CE QU'ON SE SENT COMME ÇA QUAND ON EST PRÈS D'UN LIEU ÉNERGÉTIQUE ?!
Un dieu reste un dieu
C'EST POUR ÇA QUE MA FATIGUE A DISPARU ?!
Moelleux
C'EST RAGEANT DE RESSENTIR ÇA, MAIS C'EST TROP BIEN.
FFH

AH... ET MOI QUI VOULAIS TRAVAILLER CETTE NUIT.
J'AI PU DORMIR À POINGS FERMÉS ET JE ME SENS FRAIS ET DISPO.
IL ÉTAIT À CÔTÉ DE MOI, POURTANT.
POURQUOI ?
ÇA FAISAIT COMBIEN DE TEMPS QUE JE N'AVAIS PAS DORMI D'UNE TRAITE ?
SE POURRAIT-IL QUE...
FIXE
NON, IMPOS-SIBLE,
MAIS...
IL DORT VRAIMENT, HEIN ?
S'APPROCHE
ZZZ
ZZZ
NE VOUS RÉVEILLEZ PAS, SURTOUT.
JE VÉRIFIE JUSTE...
QUELQUE CHOSE.

ÇA VEUT DIRE ÇA « DÉMANGER » POUR LUI ?!
Je...
JE SUIS DÉSOLÉ ! JE N'AURAIS PAS DÛ ! LÂCHEZ-MOI !
POF
NON. VOUS DEVEZ MÉDITER SUR VOTRE GESTE, SIEUR CHIHARU.
CUI
CUI
OUVRE
AH
VLAF
ÇA N'A RIEN D'ÉTONNANT. IL N'Y A AUCUNE RAISON POUR QU'IL SE SOIT PASSÉ QUELQUE CHOSE.
SOULAGÉ
RIRE M'A TELLEMENT FATIGUÉ QUE JE SUIS TOMBÉ DE SOMMEIL.
Je suis un enfant ou quoi ?
RIN, ARRÊTEZ DE ME CHATOUILLER !
HA HA HA HA ! JE VAIS MOURIR !
GUILI GUILI GUILI GUILI
AAAAAAAAAAAAH

BRR
VOUS CROYEZ QUE ÇA NE FAIT QUE ME CHATOUILLER ?
CARESSE
CARESSE
QUAND VOUS ME FAITES ÇA,
CE QUE JE RESSENS EST INSUPPORTABLE.
AH
SERRE

…
CARESSE
BRR
CARESSE
ずる
ZOUIP
BRR
…
GNAP
DÉSOLÉ.
AH ?!
QUE...
SIEUR CHIHARU,

EUH...
COMMENT DIRE ? ÇA ME DÉMANGE.
IL VA FALLOIR QUE...
BRR
GLOUPS
C'EST QUOI CETTE TÊTE ?
C'EST LA COMPARAISON QUI VOUS A DÉPLU ?
?
CE N'EST PAS ÇA !
SI C'EST ÇA,
GRATTE GRATTE GRATTE GRATTE
GLOUPS
AAH ! SIEUR CHIHARU ?!
C'EST MA VENGEANCE POUR M'AVOIR MIS EN HAUT D'UN ARBRE.
GRATTE GRATTE GRATTE GRATTE GRATTE
SI ÇA VOUS CHATOUILLE, TANT PIS POUR VOUS !
C'EST...
GRATTE GRATTE GRATTE

MODE OBSERVATION
LES ESPACES
ENTRE LES DOIGTS SONT UNIFORMES, C'EST AGRÉABLE.
FROTTE
FROTTE
C'EST PLUS CHAUD À LA BASE DES DOIGTS.
CARESSE
HM ? ÇA RESSEMBLE À QUELQUE CHOSE,
MAIS À QUOI ?
À une canette de café chaud ?
À un tuyau d'aspirateur flexible ?
À une bouillotte ?
CARESSE
CARESSE
CARESSE
AH.
JE SAIS.
À UNE TASSE DE THÉ !
CHAUDE
VOS DOIGTS ME FONT PENSER À UNE TASSE DE THÉ.
Intéressant !
C'EST CE QUE ÇA M'ÉVOQUE.

OUVRE
JE PEUX LE FAIRE AUTANT QUE VOUS VOULEZ !
!
JE ME PERMETS.
BOBOM
BOBOM
CARESSE
VOS GRIFFES SONT LISSES.
LES DOIGTS ET LA PAUME SONT RUGUEUX, MAIS CHAUDS.
JE N'AURAIS PAS CRU, MAIS C'EST AGRÉABLE AU TOUCHER.
ÇA ME RAPPELLE DES SOUVENIRS.
HI HI

SI VOUS VOULEZ SAVOIR QUELQUE CHOSE, DEMANDEZ-MOI !
ぐっ
FERME
ぱっ
OUVRE
JE VOUDRAIS VOIR ÇA.
...
GLOUP
A... ALORS ...
ÇA ?
Et ça ?
TROP MIGNON.
VOUS TRANSFORMEZ SEULEMENT VOS MAINS PARFOIS, NON ?
J'AI ENVIE DE LA VOIR ENCORE UN PEU.
SI CE N'EST QUE ÇA,
RUGUEUX

SIEUR CHIHARU,
SI VOUS CONTINUEZ, JE...
BOBOM
BOBOM
BOBOM
!
VOUS ÊTES UN DIEU ET VOUS FAITES SEMBLANT DE DORMIR ?!
HOP
ÉVIDEMMENT !
POUR UNE FOIS QUE VOUS VOUS INTÉRESSEZ À MON CORPS !
JE N'IRAIS PAS JUSQU'À PARLER D'INTÉRÊT,
MAIS JE SUIS DÉSOLÉ...
DE VOUS AVOIR TOUCHÉ SANS VOTRE PERMISSION.
PAS DE SOUCI.
JE VOUS APPARTIENS.

GN
A TOUJOURS EU ENVIE DE REGARDER
AH, C'EST BIEN UNE DENTITION HUMAINE. IL N'Y A MÊME PAS DE CANINES PROÉMINENTES.
OOH
QUAND IL EST SOUS CETTE FORME, IL A PLEIN DE CROCS, POURTANT !
SOUS CETTE FORME
GRR
MODE OBSERVATION
FRR
IL A LA BOUCHE D'UN HOMME.
SES OREILLES SONT NORMALES AUSSI.
FRR
FRR
IL A CINQ DOIGTS AVEC DEUX ARTICULATIONS CHACUN, DE BEAUX ONGLES ET PAS DE PALMURES.
C'EST PAREIL POUR SES PIEDS ?
C'EST FOU QU'IL GARDE SON APPARENCE HUMAINE MÊME EN DORMANT.
EST-CE QUE C'EST SA FORME ORIGINELLE ?
GNAP
QUELLE EST SA VÉRITABLE FORME ?
HM...

POURQUOI J'AI REFUSÉ L'EXORCISME ?
JE SUIS ALLÉ JUSQU'À LAISSER MA CHAMBRE.
HM...
J'AI L'IMPRESSION QU'IL FAIT CE QU'IL VEUT DE MOI.
QU'EST-CE QUE JE VAIS FAIRE, MAINTENANT ?
ROULE
C'EST LA PREMIÈRE FOIS QUE JE VIS AVEC QUELQU'UN.
SAUF QUE CE QUELQU'UN N'EST PAS HUMAIN.
CARESSE
HM... SIEUR CHIHARU...
...
HMG
FFH
FFH
FFH
SE PENCHE
BOBOM
BOBOM
BOBOM
S'APPROCHE
IL DORT.
JUSTE UN PEU...

Premiere nuit
RIN,
C'EST ICI QUE VOUS DORMIREZ À PARTIR D'AUJOURD'HUI. VOUS COMPRENEZ ?
MARMONNE
JE DORMIRAI...
MARMONNE
À COMPTER DE DEMAIN, INSTALLEZ VOTRE LIT TOUT SEUL.
HM...
DORMEZ AVEC MOI, SIEUR CHIHARU.
MARMONNE
MARMONNE
AH...
PFF...
MOI, JE VAIS RETOURNER DANS MA CHAMBRE ET TRAVAILLER.

DÉSOLÉ, JE NE SUIS PAS DISPONIBLE, DEMAIN.
POURRIEZ-VOUS CHANGER LA DATE, S'IL VOUS PLAÎT ?
JE M'EXCUSE DE VOUS AVOIR FAIT APPELER POUR RIEN.
OUI.

BIP
BONSOIR, PARDON DE VOUS APPELER AUSSI TARD.
ICI LE SANCTUAIRE TATSUMORI, VOUS NOUS AVEZ CONTACTÉS L'AUTRE JOUR.
BONSOIR.
JE VOUS APPELLE, CAR
IL SEMBLERAIT QU'ON PUISSE LIBÉRER UN PEU DE TEMPS POUR L'EXORCISME.
S'IL EST POSSIBLE DE VENIR DEMAIN MATIN À LA PREMIÈRE HEURE, NOUS POUVONS ACCÉDER À VOTRE DEMANDE.
QU'EN DITES-VOUS ?
...
DEMAIN ?

TSS... JE VOIS.
BON, JE RENTRE. BONNE NUIT.
BONNE NUIT.
SON « TSS » NE ME DIT RIEN QUI VAILLE.
HOU
HOU
RIN.
HÉ.
HM ?
RÉVEILLEZ-VOUS. JE VOUS AI FAIT UN LIT DANS UNE AUTRE PIÈCE.
JE N'AI PAS À DORMIR SUR LE TOIT, AUJOURD'HUI ?
C'EST ÇA.
MAL RÉVEILLÉ
MOUV
MOUV
JE VAIS DORMIR AVEC VOUS DANS VOTRE LIT ?
PAS DU TOUT.
ALLEZ, DEBOUT.
BRR
BRR
BRR
BRR
SANCTUAIRE TATSUMORI
AH.
pour répondre.

C'EST PAS MALPOLI DE RESTER AUSSI TARD ?
OH, FLÛTE. IL EST PLUS DE MINUIT ?
BON SANG ! ON DOIT RENTRER.
MAIS AVANT, LE SEL !
TAP
TAP
TAP
DIS, CHIHARU,
Il dort.
HM ?
AUJOURD'HUI,
RIN M'A DEMANDÉ COMMENT ON FAISAIT LES COURSES.
GLOUPS
JE N'AURAIS JAMAIS CRU QU'UN JOUR, J'APPRENDRAIS À UN ADULTE COMMENT UTILISER DE L'ARGENT.
ON PEUT FAIRE DES COURSES SANS ?
T'ES SÉRIEUX ?
FIIIXE
PUISQUE PERSONNE NE SE LANCE, C'EST MOI QUI M'Y COLLE.
QUI EST RIN ? C'EST QUOI CETTE FAÇON DE PARLER ?
D'OÙ IL VIENT ? ET Y A QUOI ENTRE VOUS ?
C'EST COMPLIQUÉ À EXPLIQUER.
TU FERAIS MIEUX DE NE PAS POSER DE QUESTIONS.
MARMONNE
MARMONNE

ALORS QU'ELLE N'EST MÊME PAS VENUE VOIR L'ÉTAT DE LA MAISON JUSQU'À AUJOURD'HUI ! QUEL VAUTOUR, CELLE-LÀ !
GRR
POUR QUI ELLE TE PREND, CHIHARU ?!
GRR
CRISH
CRISH
CRISH
CRISSSH
BAM
Yuri, le torchon...
LUI LAISSE PAS LA MAISON !
ON VA BALANCER DU SEL !
ÇA N'A PAS CHANGÉ. ILS S'ÉNERVENT TOUJOURS PLUS QUE MOI DANS CES MOMENTS-LÀ.
HÉ, CHIHARU !
AH.
OUI ?
COMME ON PEUT FAIRE PLUS DE CHOSES QUE QUAND ON ÉTAIT GAMINS, YURI ET MOI,
DEMANDE-NOUS SI TU AS BESOIN DE QUOI QUE CE SOIT.
OUI.
MERCI.
RSHH
MAMAN, TSUKASA,

DANS CE CAS,
L'HISTOIRE DU POUVOIR DE L'AMOUR, C'ÉTAIT UN MENSONGE.
HI HI
!
GH... KOF
NON. ÇA NE VEUT PAS DIRE QUE JE MENTAIS !
C'EST BON. J'AI COMPRIS.
VOUS VOUS TROMPEZ ! ÉCOUTEZ !
LA LUMIÈRE DU SOLEIL DISPARAISSAIT LENTEMENT ET...
L'HÉSITATION QUI M'IMPRÉGNAIT TOUT À L'HEURE
S'ÉVAPORAIT SANS QUE JE M'EN RENDE COMPTE.
HEIN ?! DE L'ARGENT ?!
CETTE GARCE N'A PAS PERDU DE TEMPS POUR VENIR T'EN EXTORQUER.

BLA
ÇA SUFFIT. ARRÊTEZ D'APPRENDRE DES TRUCS AUSSI BIZARRES. ÇA N'A AUCUN SENS.
MIOM
MIOM
BLA
NON ! JE N'ABANDONNERAI PAS !
SI JE CONTINUE, UN JOUR, VOUS FINIREZ PEUT-ÊTRE PAR CÉDER ET PAR ME LAISSER VOUS EMBRASSER !
VOUS ME SOUS-ESTIMEZ.
Ça n'arrivera jamais.
MON AMOUR POUR VOUS EST SINCÈRE ET POURTANT, VOUS NE LE PERCEVEZ PAS.
SNIFF
SNIFF
SE PENCHE
J'en ai marre d'entendre ça.
...
RIN, MA GRAND-MÈRE VOUS A PARLÉ DE MOI, PAS VRAI ?
OUI.
MIOM
MIOM
C'EST ELLE QUI VOUS A DIT POUR L'ASSAISONNEMENT DU KINPIRA ?
OUI.

ÉTAIT-CE AGRÉABLE ?
OU DUR ?
ギシ
CRAii
COMMENT VIVAIT-IL ?
HOMPF
?!
AH ? JE ME SUIS TROMPÉ ?
VOUS FAITES QUOI ?
PAS DE « AH » !
YURI M'A DIT QU'EN CONTEMPLANT UN COUCHER DE SOLEIL, VOTRE TÊTE POSÉE SUR MON ÉPAULE, JE POURRAIS VOUS EMBRASSER.
Et c'est là que tu lui sautes dessus !
ÉPARGNEZ-MOI ÇA.
ELLE EST VRAIMENT
...

GÂTÉ
GÂTÉ
C'ÉTAIT LA PREMIÈRE FOIS QUE JE PARLAIS AUSSI LONGTEMPS AVEC AUTANT DE MONDE.
LES GENS DE CETTE ÉPOQUE SONT VRAIMENT GENTILS. J'AI ÉTÉ SURPRIS.
CE NE SERAIT PAS PARCE QUE VOUS ÊTES GAI ET AIMABLE QUE TOUT LE MONDE EST GENTIL AVEC VOUS ?
POF
POF
MIOM
MIOM
MIOM
TANT QUE VOUS NE FAITES RIEN DE BIZARRE ...
IL Y A EU DES PÉRIODES OÙ CE N'ÉTAIT PAS LE CAS.
...
FFF
FFF
J'AI FAILLI L'OUBLIER L'ESPACE D'UN INSTANT,
MAIS IL VIT DEPUIS BEAUCOUP PLUS LONGTEMPS QUE MOI.
IL A DÛ S'EN PASSER, DES CHOSES, PENDANT TOUTES CES ANNÉES.

EN QUOI EST-CE HONTEUX ?!
J'AI PLUSIEURS CENTAINES D'ANNÉES ET J'AI FAIT LES COURSES POUR LA PREMIÈRE FOIS AUJOURD'HUI.
SÉRIEUX
Il parle fort.
L'ÂGE N'EST PAS UN CRITÈRE !
ET IL N'Y A RIEN DE MAL NON PLUS À DONNER AUX GENS.
FRR
ÇA NE PLAIRAIT SÛREMENT PAS À SHIZUE QUE VOUS VOUS CONTRAIGNIEZ POUR ELLE.
ET SI VOUS DISIEZ CLAIREMENT LES CHOSES AU LIEU DE PRENDRE SUR VOUS, LA PROCHAINE FOIS ?
POF
BIENTÔT, VOUS RÉUSSIREZ À VOUS EXPRIMER CLAIREMENT,
J'EN SUIS SÛR ! APRÈS TOUT, VOUS ME REPOUSSEZ FRANCHEMENT, MOI !
N'EST-CE PAS?
C'est vrai, oui.
SI TOUT LE MONDE ARRIVAIT À DIRE NON AUSSI FACILEMENT QUE VOUS, CE SERAIT PLUS SIMPLE.
ROULE
ROULE
MOI AUSSI, J'AI EU MA VICTOIRE, AUJOURD'HUI.
HEIN ?

QUAND JE VOLE SOUS CETTE FORME, J'AI TOUJOURS FAIM.
GLUANT
IL A RECOMMENCÉ À MANGER.
Ah.
Là, là, ça va aller.
Tiens♪
Oo
IL EN DONNE AUSSI À L'ÉCUREUIL ?
Merci.
REGARD VAGUE
ILS PEUVENT MANGER DES MANJÛ ?
MIOM
MIOM
QUAND ON VOUS PARLE DE SHIZUE, VOUS DEVENEZ ANXIEUX.
ET PUIS, VOUS ÊTES TIMIDE !
FRANC
GLOUPS
QUAND ON L'ÉVOQUE, JE BLOQUE.
JE NE VOUDRAIS PAS SALIR SA MÉMOIRE.
JE SAIS QUE SI QUELQUE CHOSE ME DÉPLAÎT, JE DOIS LE DIRE CLAIREMENT, MAIS JE N'Y ARRIVE PAS.
C'EST LA HONTE, À MON ÂGE.

C'EST RAGEANT.
POURQUOI JE ME SENS AUSSI APAISÉ ?
EST-CE QUE...
VOUS VOUS SERVEZ DE QUELQUE CHOSE ? COMME UN POUVOIR DIVIN ?
UN POUVOIR DIVIN ?
AAH. MON VENTRE.
GROUIIIC
DÉSOLÉ.
...
FRR
FRR

POF
QUAND ON VOUS SERRE COMME ÇA,
VOUS VOUS SENTEZ RASSURÉ, N'EST-CE PAS ?
CHIHARU.
...
ROUGIT
ARRÊTEZ.
ÇA REMONTE À COMBIEN D'ANNÉES, ÇA ?
IL SE MOQUE DE MOI OU QUOI ?
LÂCHEZ...
LÀ, LÀ, ÇA VA ALLER, CHIHARU.
TU AS ÉTÉ COURAGEUX.

LA VUE EST BELLE ET EN PLUS, VOUS ME SERREZ DANS VOS BRAS !
C'EST GÉNIAL ♡
S'APPROCHE
S'APPROCHE
S'APPROCHE
VOUS… VOUS ÊTES TROP PRÈS ! STOP LES BLAGUES ! VOUS VOULEZ BIEN ME FAIRE DESCENDRE ?!
C'EST TROP HAUT, J'AI PEUR !
HM… QUE FAIRE, QUE FAIRE ?
CRII
CRII
CRII
HIIII !
HA HA HA ! ELLE AVAIT RAISON. VOUS AVEZ LE VERTIGE.
HAN
HAN
DONC VOUS ME FAITES TOUT ÇA ALORS QUE VOUS LE SAVIEZ ?
ON M'A RACONTÉ PLEIN D'AUTRES CHOSES À VOTRE SUJET.
HEIN ?!
MOELLEUX
PAR EXEMPLE,

ELLE M'A DIT DE VOUS MONTRER LE PLUS BEAU SOLEIL COUCHANT...
QUAND VOUS AURIEZ DE LA PEINE.
SI VOUS FAITES ÇA,
IL IRA SANS DOUTE MIEUX.
CHACUN DES MOTS QU'ELLE PRONONÇAIT
VOUS CONCERNAIT.
!
EST-CE QUE...
C'EST VRAI ?
ピョー
BOING
AAH ?!
SERRE
AH

C'ÉTAIT QUAND, LA DERNIÈRE FOIS QUE J'AI VU UN CIEL PAREIL ?
ÇA ME RAPPELLE DES SOUVENIRS.
JE L'OBSERVAIS BEAUCOUP, AUTREFOIS.
LE CIEL QUI APAISE LE CŒUR AGITÉ,
LA CHAUDE LUMIÈRE ÉBLOUISSANTE.
J'AI ENTENDU DIRE QUE
VOUS AIMIEZ LE CIEL DE FIN DE JOURNÉE.

JE VOULAIS VOUS MONTRER CETTE VUE.
C'EST TRÈS BEAU, N'EST-CE PAS ?

AAAAAH !
QUOI ?
QU'EST-CE QU'IL Y A, URARA ?
SNIF
CROA
CROA
FLAP
FLAP
FLAP
POF
AAH !
AH ! C'ÉTAIT GÉNIAL !
Allez, asseyez-vous.
Impossible, impossible, impossible
!
HAA !
HAA !
VACILLE
VACILLE
ALORS ? ÇA FAIT DU BIEN DE CRIER, NON ?
ABSOLUMENT PAS. J'AI CRU QUE J'ALLAIS MOURIR !
POURQUOI M'AVOIR AMENÉ ICI ?
POUR ÇA. REGARDEZ.

LÀ !
BOING
VRRT
AAAAAAAAAAAAAAAH !
PLUS FORT !
AAAAAAAAAAAAH !
BOING
VOILÀ, COMME ÇA ! C'EST BIEN !
AAH !
AAAH !
FRR

JE NE PEUX PAS.
OUBLIEZ ÇA.
JE NE PEUX PAS ENCORE LUI DEMANDER.
S'IL... S'IL S'ÉNERVE VRAIMENT...
NON, RIEN. DÉSOLÉ.
SERRE
J'AI PEUR.
JE RENTRE.
SIEUR CHIHARU, ATTENDEZ.
MIOM
MIOM
VOUS ALLEZ LES INQUIÉTER AVEC CETTE TÊTE.
S'APPROCHE
ON VA FAIRE UN PETIT DÉTOUR !
HEIN ?
HEIN ?!
OH HISSE
HOP.
CLANG

VOUS EN VOULEZ UN ?
VOUS ÉTIEZ LÀ ?
ARRÊTEZ D'ÉCOUTER AUX PORTES.
ET NON MERCI. JE SENS QU'IL VA SE COINCER DANS MA GORGE !
Et puis, c'est la dernière chose dont j'ai envie, là.
TENEZ, PRENEZ-EN UN.
LE SUCRE EST UN REMÈDE À LA FATIGUE.
POF.
...
EUH... RIN.
VOUS AVEZ DÉJÀ PARLÉ À MA GRAND-MÈRE, N'EST-CE PAS ?
NE VOUS A-T-ELLE...
PAS DIT QUELQUE CHOSE SUR MOI ?
PAR EXEMPLE,
SON DERNIER...

TA GRAND-MÈRE AURAIT SÛREMENT APPROUVÉ.
S'IL Y A QUOI QUE CE SOIT, VIENS ME LE DIRE ! ON EST UNE FAMILLE !
JE REPASSERAI BIENTÔT À LA MAISON.
AH...
SUR CE...
J'AI DU MAL À RESPIRER.
MMH...
CES GÂTEAUX QU'ON APPELLE DES MANJÛ...
SONT TROP BONS.

QUAND JE PARTIRAI, JE TE PAIERAI AUSSI
LES FRAIS DE CHAUFFAGE ET LE LOYER.
LE LOYER ?! JE NE T'EN DEMANDAIS PAS TANT.
MAIS BON,
POURQUOI PAS ?
TU ES DEVENU UN GRAND AUTEUR.
TU ES BIEN PLUS RICHE QUE MOI.
TU ES BIEN LE PETIT-FILS DE TA GRAND-MÈRE.
PAR RAPPORT À TOI, MES FILS SONT DES IDIOTS.
ET PUIS, C'EST CHER LES ÉTUDES ! C'EST DUR POUR MOI.
DÉSOLÉE, MAIS JE VAIS SÛREMENT ACCEPTER TON OFFRE.
TA GRAND-MÈRE AU PARADIS DOIT ÊTRE HEUREUSE
D'AVOIR ÉLEVÉ UN AUSSI GENTIL GARÇON.
TU ES DEVENU SI FORMIDABLE,
TU SAIS ?

POURTANT, VOUS AVEZ EU LE CULOT
DE NÉGLIGER CE « TRÉSOR » EN LE LAISSANT À L'ABANDON.
DU COUP,
EN GROS.
DÉSOLÉ D'ÊTRE ENTRÉ SANS TA PERMISSION,
MAIS SOIS RASSURÉE, JE NE COMPTE PAS RESTER LONGTEMPS.
JE VOULAIS CLARIFIER LES CHOSES.
JE PENSE QUE TU COMPRENDRAS EN Y RÉFLÉCHISSANT UN PEU.
SANS COMPTER QUE LES FACTURES DE GAZ ET D'ÉLECTRICITÉ SONT ÉGALEMENT PRÉLEVÉES SUR MON COMPTE.
JE VOULAIS AUSSI TE DEMANDER COMMENT FAIRE POUR ÇA.
J'AI COMPRIS L'IDÉE,

MAIS ÉTANT TA TANTE, DEPUIS LE DÉCÈS DE TA GRAND-MÈRE,
CETTE MAISON ET CE TERRAIN SONT DEVENUS MES PROPRIÉTÉS, TU SAIS ?
MÊME SI C'EST TA MAISON, JE DOIS EN HÉRITER.
C'EST LA LOI.
ON DOIT LA RESPECTER.
SI TU AVAIS RENONCÉ À TON HÉRITAGE,
C'EST MOI QUI EN AURAIS HÉRITÉ.
JE SUIS DÉSOLÉE DE N'AVOIR RIEN COMPRIS À CES CHOSES COMPLIQUÉES.
AH, LE CAFÉ EST CHAUD.
MAIS CETTE MAISON EST UN SOUVENIR DE TA GRAND-MÈRE !
JE LA CONSIDÈRE COMME UN TRÉSOR !

*NDT : Au Japon, l'urne est portée au caveau familial après qu'une période de 49 jours s'est écoulée.

C'EST...
BIEN TOI, N'EST-CE PAS ?
OH. TU ES BIEN RENTRÉ, ALORS. TU VAS BIEN ?
J'ALLAIS JUSTEMENT CHEZ TOI.
KÔTA.
PARS DEVANT.
OK.
FOUIT
VIENS, RIN.

OUI, C'EST ÇA ! MERCI POUR TOUT.
AH
PFF... PILE AU MAUVAIS MOMENT.
RIN, REVIENS NOUS VOIR, TOI AUSSI.
JE TE FERAI PLEIN DE MANJÛ !
OUI, MERCI.
DIS-LE CLAIREMENT SI TU N'AIMES PAS ÇA !
GRR
MÊME UN ENFANT EST PLUS EXPLICITE QUE TOI !
GRR
OUI, DÉSOLÉ.
MERCI, KÔTA... TU M'AS VRAIMENT SAUVÉ.
N'Y COMPTE PAS, LA PROCHAINE FOIS !
CHIHARU,
OUI.
HI HI
CHIHARU ?

…
TAC
OH !
J'AI ACHETÉ TON LIVRE !
ÉCRIS SUR LE MIEN AUSSI.
MOI AUSSI !
GRR
MERCI. JE VAIS L'AFFICHER DANS MA BOUTIQUE.
HÉ, POURQUOI TOI, T'Y AS DROIT, UOKICHI ?
?
ILS ONT TOUS DISPARU D'UN COUP.
?
PFF…
C'EST TOUJOURS PAREIL.
On peut pas lutter.
Qui c'est ?
Qui c'est ?
BOOK
TU PEUX ÉCRIRE LÀ AUSSI ?
UNE PETITE PHOTO ?
DIS, CHIHARU ! TU N'AS PAS ENCORE FINI ?
AH
MA MÈRE VA S'ÉNERVER SI ON RENTRE TARD.
!
AH, OUI.
OH, TU FAISAIS DES COURSES, KÔTA ?

TU VOIS, C'EST BIEN CHIHARU, LE PETIT-FILS DE SHIZUE !
ÇA FAIT COMBIEN D'ANNÉES ?!
J'AI ACHETÉ TON LIVRE.
MERCI.
TU NE PASSES PLUS À LA TÉLÉ ?
TU EN SORS UN AUTRE BIENTÔT ?
SON LIVRE ?
CHIHARU EST ROMANCIER.
ROMAN…
TIENS, PRENDS ÇA.
AH
MAIS ALORS, ÇA SIGNIFIE QUE…
SIEUR CHIHARU ÉCRIT LUI AUSSI DES HISTOIRES ?!
DIS, TU M'ÉCRIS QUELQUES LIGNES ? JE LES AFFICHERAI DANS MON MAGASIN.
NON, CE N'EST PAS MON TRUC.
ALLEZ, C'EST QUOI, ÇA ? TU TE DONNES DES AIRS ?!
SI ÇA AVAIT ÉTÉ SHIZUE, ELLE L'AURAIT FAIT SANS FAIRE CETTE TÊTE D'ENTERREMENT !
TU DOIS SUIVRE SON EXEMPLE.

*NDT : Petits gâteaux blancs et ronds cuits à la vapeur.

QU'EST-CE QU'ILS FONT ?!
JE VAIS VOIR.
GNAP
ATTENDS, CHIHARU.
ÇA VA ALLER ? C'EST LE QUARTIER COMMERÇANT.
IL Y A DU MONDE À CETTE HEURE-CI.
OUI, C'EST BON.
JE VAIS JUSTE JETER UN ŒIL ET JE REVIENS.
TAP
はいからロード
美容
J'Y CROIS PAS ! IL EST VRAIMENT ...
!

FINALEMENT, IL A CAPITULÉ
BON FAITES ATTENTION AUX VOITURES !
OUI !
NERVEUX
NERVEUX
NERVEUX
URARA, S'IL FAIT QUELQUE CHOSE DE BIZARRE, ARRÊTE-LE. TU PEUX MÊME LE MORDRE DE TOUTES TES FORCES.
PSS
PSS
CHIHARU, ON PEUT Y ALLER ?
Euh... Des carottes, des radis blancs et...
Des radis blancs et...
PSS
IL A VRAIMENT COMPRIS ?
On y va ! ♡
NON, MAIS URARA EST AVEC EUX.
ILS Y VONT VITE FAIT ET ILS REVIENNENT...
30 MINUTES PLUS TARD
ET ILS REVIENNENT...
NERVEUX
NERVEUX
NERVEUX
50 MINUTES PLUS TARD
ET ILS REVIENNENT...
NERVEUX
DEUX HEURES PLUS TARD
ET ILS NE REVIENNENT PAS.
OÙ ILS SONT ALLÉS ACHETER LEURS LÉGUMES ?
ILS EN METTENT, DU TEMPS.

IL N'Y AURA PEUT-ÊTRE PAS ASSEZ DE LÉGUMES.
TU VEUX QUE J'AILLE EN ACHETER ? ON A FINI EN PLUS, LÀ.
MMH ...
JE PEUX PRENDRE URARA ? LAISSE-MOI LA PROMENER, CHIHARU.
そわ
FRÉTILLE
そわ
FRÉTILLE
OUI.
Bien sûr.
YOUPI !
TU VIENS AVEC NOUS, RIN ?!
OH, MOI AUSSI ?
HEIN ?!
ALLER FAIRE DES COURSES AVEC LUI ?!
ÇA VA SE PASSER COMME ÇA ?
JE SUIS LE DIEU DE L'EAU.
JE SUIS VENU POUR MON ÉPOUX.
ゆん
BZZ
IL EST BIZARRE.
MAMAN, J'AI PEUR.
DES RADIS BLANCS, S'IL VOUS PLAÎT !
BING
ドゴ
OU COMME ÇA ?
AH ! LE MAGASIN !
NON... KÔTA, TU DEVRAIS LE LAISSER ICI.
POURQUOI ? CE SERAIT VRAIMENT MIEUX SI RIN VENAIT.
LA VENDEUSE DE LÉGUMES ADORE LES JEUNES HOMMES.
M... MAIS KÔTA...
C'EST VRAI QU'IL L'EST ♡
OUAIS
OUAIS
JE VEUX Y ALLER ! OUI !
QUE MON NEVEU EST INTELLIGENT ♡
← IMITE YURI.
OK OK. CESSEZ DE M'ENTOURER.

ESSORE
ESSORE
AH... C'EST PARCE QU'ILS S'ENTENDENT BIEN, TOUS LES TROIS.
CHIHARU, C'EST UN PEU LEUR PETIT FRÈRE.
UN PETIT FRÈRE ?
ÊTRE UNE FAMILLE SANS LIEN DE SANG... QUELLE CHANCE.
J'AIMERAIS QU'UN JOUR SIEUR CHIHARU...
ESSORE
ME SOURIE AUSSI EN M'APPELANT « RIN ♡ ».
?
LE POT-AU-FEU DE GRAND-MÈRE ÉTAIT DÉLICIEUX, PAS VRAI ?
ELLE Y METTAIT DU MAÏS ET DES TOMATES.
J'AIMERAIS EN MANGER.
IL ÉTAIT SI BON.
YURI, ET SI ON EN FAISAIT UN CE SOIR ?
ÇA M'A DONNÉ ENVIE.
À MOI AUSSI.
OUI, C'EST VRAI.

...
Ça me rend nostalgique
On était en primaire.
La fête du sport.
Ah, j'avais plus mes dents de devant.
Ah, c'est vrai.
Même toi, tu t'es arrêté, Rin.
Je vais t'aider, dépêchons-nous de fi...
FRR
Eh bah ?!
Pourquoi vous ne faites pas le ménage ?!
SNIFF
AAH ! Qu'est-ce que t'as ?!
Sieur Chiharu rit.
Je suis jaloux !
うらやましいぃ!!!

Quelque chose me turlupine.
Y A PAS À S'EN FAIRE, ALORS.
SERRE
SERRE
ET PUIS, JE SUIS CONTENT QUE TU TE SOIS FAIT UN AMI.
CRR
PAR CONTRE, TU NE COUPERAS PAS AU MÉNAGE !
CRR
AAH ! HÉ ! ARRÊTE !
CRR
ALLEZ, BOSSE !
VACILLE
AAH !
POF
BADABOUM
BOUM
BADABOUM
!
HÉ !
QU'EST-CE QUE VOUS FAITES ?!
C'EST DE SA FAUTE.
VOUS ÊTES TOUS LES DEUX RESPON-SABLES !
PFF... ON VENAIT JUSTE DE RANGER.
TIENS ?
CE NE SONT PAS LES ALBUMS, LÀ ?
OUAH, QUE DE SOUVENIRS !
C'EST LÀ QU'ILS ÉTAIENT ?

QU'EST-CE QUE TU PENSES DE LUI, TSUKASA ?
HM ? JE LE TROUVE MARRANT.
J'AIMERAIS L'EMBAUCHER À LA MAIRIE, APRÈS.
La main d'œuvre jeune est précieuse.
C'EST TOUT ?
RIEN DE PLUS ?
POURQUOI ?
CE N'EST PAS QUELQU'UN DE BIEN ?
NON,
MMH...
JE N'IRAIS PAS JUSQU'À DIRE ÇA, MAIS...

JE DOIS FAIRE ATTENTION À CE QU'ON NE DÉCOUVRE PAS
SA VÉRITABLE IDENTITÉ.
COMPRIS ? C'EST COMME L'AUTRE FOIS POUR LA SERPILLIÈRE.
À LA MAIN ET FAUT QUE ÇA GLISSE !
C'EST ÇA.
CHI-HA-RU.
Que ça glisse ?
ALORS QUE TOUT LE MONDE EST VENU T'AIDER,
POURQUOI TOI, TU NE TRAVAILLES PAS ?
GRR
ARRÊTE, TSUKASA !
JE VAIS TOMBER !
PAR-DON.
N'EMPÊCHE...
IL EST CARRÉMENT DEVENU LE DISCIPLE DE YURI.
IL VA RESTER ICI UN MOMENT ?
Quelle rapidité, Rin ! Tu es trop fort ! Wow !
VRRT
TAP TAP TAP TAP
NON, JE COMPTE VITE LE FAIRE PARTIR.
AH BON ?

CE MATIN AUSSI...
AAH
TENEZ ♡
NON, MERCI.
Tiens ?
YURI M'AVAIT DIT QUE FAIRE DIRE « AH » MARCHAIT AVEC LES HOMMES.
Il n'y a pas de « tiens » qui tienne
POURQUOI ELLE VOUS EXPLIQUE DES TRUCS AUSSI BIZARRES ?
À CAUSE D'ELLE, IL COMMENCE À APPRENDRE DES CHOSES INUTILES.
C'EST TRÈS FLIPPANT.
AU FAIT, JUSQU'À QUEL POINT IL SE CONFIE À ELLE ?
S'IL NE FORÇAIT PAS AUTANT LA MAIN...
IL CUISINE BIEN,
IL EST ACTIF...
ET PLUTÔT MIGNON.
HM ?
MAIS À QUOI JE PENSAIS, LÀ ?!
BAH, QUOI QU'IL EN SOIT,

GRÂCE AU POUVOIR DE L'AMOUR QUE RESSENT UN ÉPOUX !
SES HISTOIRES D'AMOUR ET D'ÉPOUX.
S'IL ARRÊTAIT AVEC ÇA,
TWIC
HAA...
IL RECOMMENCE AVEC...
AH...
JE POURRAIS PATIENTER ENCORE UN PEU, MAIS BON.
ÇA FAIT DÉJÀ UNE SEMAINE QUE JE N'AI PAS DE NOUVELLES
DU SANCTUAIRE.
COMME TOUJOURS, RIN...
おせなか お流しいたします
JE VAIS VOUS LAVER LE DOS.
SORTEZ.
おふとん あたためておきました
JE VOUS AI RÉCHAUFFÉ LE LIT.
ESSAIE D'ATTIRER MON ATTENTION.
SORTEZ.

*NDT : Légumes cuits au sucre et à la sauce soja.

ぱく
MIOM
BOBOM
ドキ
BOBOM
ドキ
BOBOM
ドキ
BOBOM
ドキ
C'EST…
C'EST DÉLICIEUX.
J'AI RÉUSSI !
WIN !!
JUSQU'À IL Y A PEU, C'ÉTAIT POURTANT PAS FOLICHON.
VOUS PROGRESSEZ VITE.
C'EST PARCE QUE J'AI UN EXCELLENT PROFESSEUR !
TU AS RÉUSSI
LA VOISINE YURI

Les écailles d'un dieu
Chapitre 3

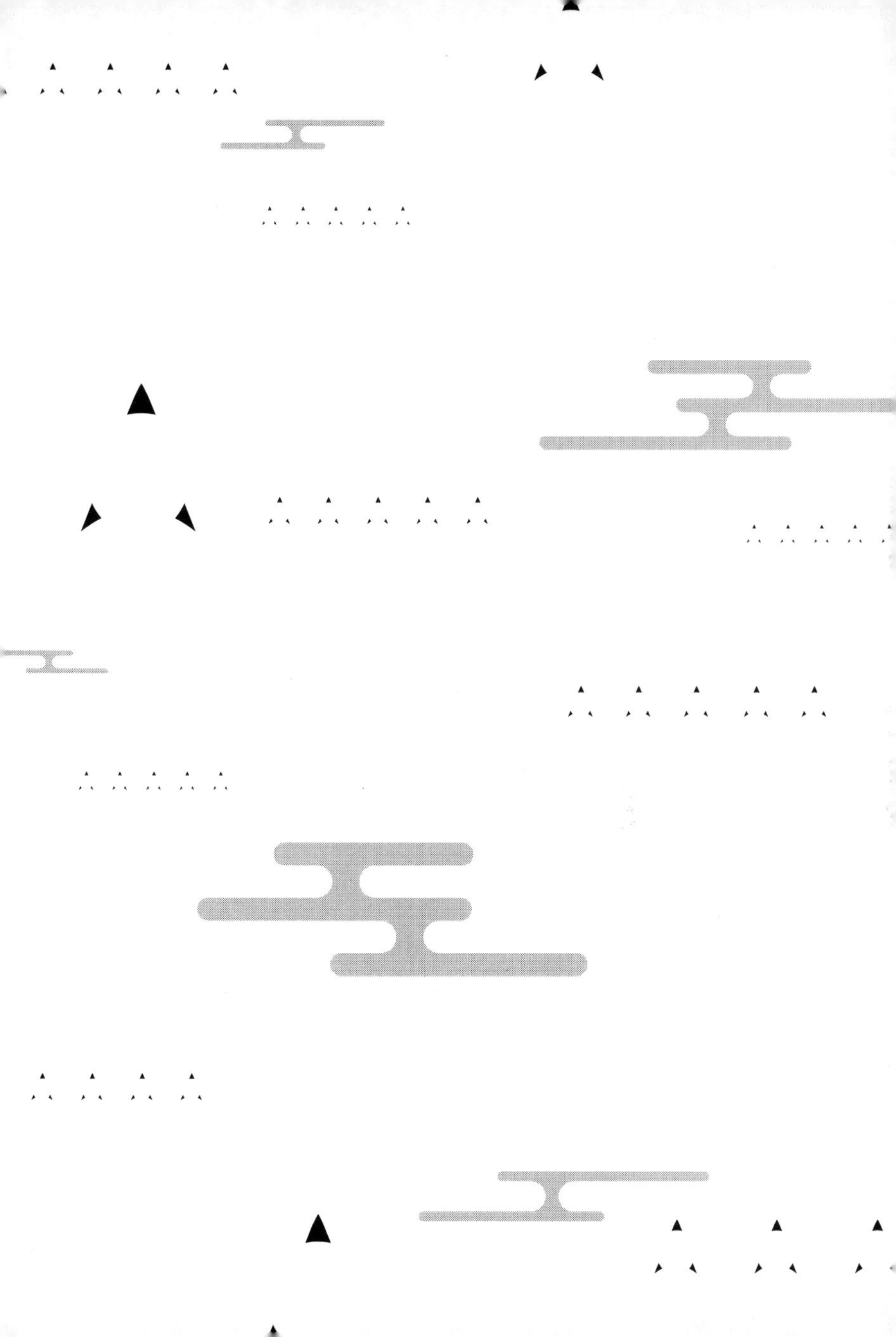

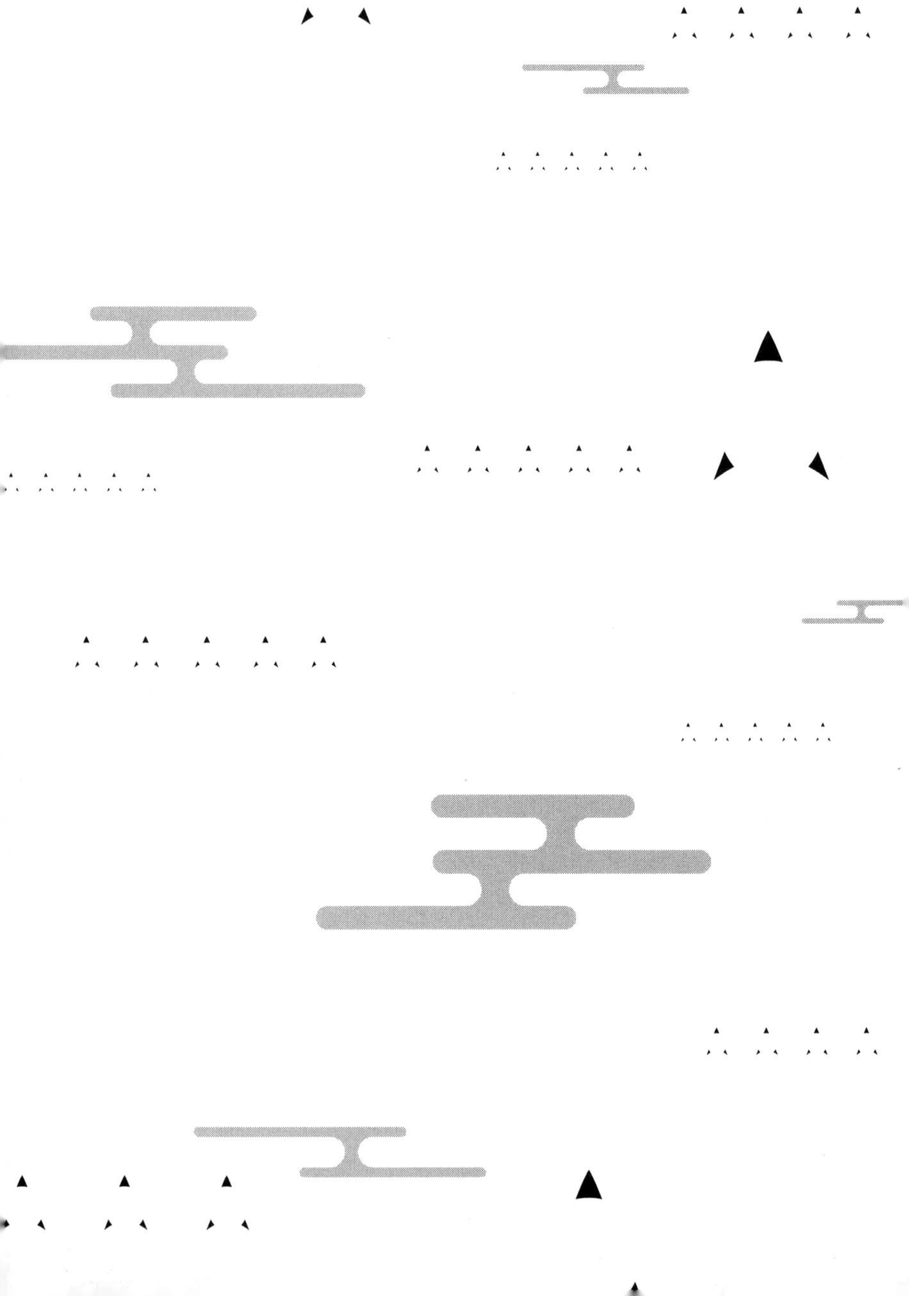

BONJOUR CHIHARU !
EST-CE QUE RIN EST LÀ ?!
TON PROFESSEUR EST LÀ, RIN !
?!
YURI ! JE VOUS ATTENDAIS.
JE SUIS HEUREUSE QUE TU ME FASSES CONFIANCE.
JE VAIS T'APPRENDRE À CUISINER, FAIRE LE MÉNAGE ET TOUS LES TRAVAUX MÉNAGERS.
À PARTIR D'AUJOURD'HUI, DONNONS NOTRE MAXIMUM POUR FAIRE DE TOI LE MARI IDÉAL !
OUI.
DU COUP, ON T'EMPRUNTE LA MAISON, CHIHARU ♡
AH... JE VOIS. LE CONTRAIRE M'AURAIT ÉTONNÉ.

J'AIMERAIS QU'ON DEVIENNE PLUS PROCHES, TOUS LES DEUX.
JE FERAI DE MON MIEUX POUR Y ARRIVER, SIEUR CHIHARU.
LE LENDEMAIN MATIN.
ピンポーン DING DONG
ピンポーン DING DONG
ピンポーン DING DONG
ピンポーン DING DONG
?
QUI SONNE AUSSI TÔT ?

JE NE L'ENTENDAIS PAS DANS CE SENS-LÀ.
C'EST UNIQUEMENT LE TEMPS QU'UN PRÊTRE VIENNE PRATIQUER L'EXORCISME.
VOUS SAVEZ UTILISER LA DOUCHE, MAINTENANT. FINISSEZ TOUT SEUL.
VOUS NE ME LAVEZ PAS LE CORPS ?
VLAN
JE SUPPOSE QUE NON...
L'EXORCISME ?
HI HI.

POURQUOI FAIT-IL TOUT ÇA POUR MOI ?
À PARTIR DE MAINTENANT, SI VOUS VOUS RENDEZ DANS LA MONTAGNE OU DANS LA RIVIÈRE, PRENEZ TOUJOURS UN BAIN APRÈS.
SI VOUS COMPTEZ VOUS INSTALLER DANS CETTE MAISON, JE VEUX QUE VOUS APPRENIEZ LA FAÇON DE VIVRE DES HUMAINS.
!
AH !
SIEUR CHIHARU ! JE SENS UNE MYSTÉRIEUSE BONNE ODEUR VENANT DE MA TÊTE.
C'EST LE SHAMPOING.
LE SHAMPOING !
HAA...
SPLASH
B...
BIEN SÛR ! JE VAIS L'APPRENDRE SANS TARDER.
COMME ÇA, JE POURRAI RESTER ICI POUR TOUJOURS.
RSHH

BOBOM
BOBOM
BOBOM
Ah, je sens votre regard courir partout sur moi.
IL PARLE FORT, EST TURBULENT,
EXCESSIVEMENT POSITIF
Vous me jugez, c'est ça ?
ET SES TRAITS SONT TROP RÉGULIERS.
MALGRÉ TOUT, ÇA RESTE DUR DE LE DÉTESTER.
MAIS C'EST UN HOMME.
IL DOIT Y AVOIR PLEIN DE GENS QUI AIMENT CE GENRE DE PERSONNES, MAIS POURQUOI A-T-IL FALLU QU'IL ARRIVE CHEZ MOI ?
TSS
SI ON Y RÉFLÉCHIT BIEN, IL EST À PLAINDRE, LUI AUSSI.
Tiens ? Je n'aime pas ce sourire.
JE NE PEUX PAS L'ACCEPTER.
MÊME SI J'AI CONSCIENCE QU'IL FAIT DE SON MIEUX.
Est-ce que tu sais à quoi pense Sieur Chiharu, toi ?
SPLASH
IMPOSSIBLE,

JE NE LÂCHE PAS ENCORE L'AFFAIRE.
ÇA LE REND PLUS HEUREUX DE M'AVOIR FAIT RIRE AVEC CETTE PATATE QUE DE SE FAIRE LAVER PAR MOI ?
SPLASH
AAH ! C'EST CHAUD !
IL A BEAU DIRE DES CHOSES ADMIRABLES AVEC GENTILLESSE,
CRII
IL NE M'ÉCOUTE PAS.
AH
ET SI J'ESSAIE DE M'ENFUIR, IL M'EN EMPÊCHE AVEC UNE AVERSE OU LA FOUDRE.
C'EST UN DIEU QUI FAIT PASSER SES OBJECTIFS EN PRIORITÉ.
ET PUIS,
ÇA A BEAU EN ÊTRE UN, J'AI DU MAL AVEC LUI.
ZIEUTE

VOUS AVEZ RI EN VOYANT LA POMME DE TERRE QUE J'AI ÉPLUCHÉE.
POURTANT, VOUS N'ÉTIEZ PAS FACILE À APPROCHER.
ÇA ME SUFFIT POUR L'INSTANT.
FROTTE
C'EST UN SACRÉ PREMIER PAS !

NE DITES PAS N'IMPORTE QUOI. APPRENEZ BIEN COMMENT ON SE LAVE, C'EST LA SEULE FOIS QUE JE VOUS LE MONTRE !
FROTTE
FROTTE
FROTTE
AAH !
AAH !
VOUS ME FAITES MAL. DOUCEMENT !
AH...
N'EMPÊCHE, J'EN AURAI APPRIS DES CHOSES, AUJOURD'HUI.
ÇA A L'AIR COMPLIQUÉ DE SE FAIRE AIMER DE QUELQU'UN.
S'ILLUMINE
JE ME SENS MOTIVÉ TOUT À COUP !
VOUS ÉTIEZ SUR LE POINT D'ABANDONNER, NON ?
QUELS QUE SOIENT VOS EFFORTS, VOUS PERDEZ VOTRE TEMPS.
SPLASH
VOUS VOUS TROMPEZ !

うっとり…
EXTASE
AAAH... ÇA FAIT DU BIEN !
J'AI L'IMPRESSION QUE JE VAIS FONDRE !
PSCHH
ホワワワー!!!!
SI ON M'AVAIT DIT QU'UN JOUR JE DONNERAIS UN BAIN À UN HOMME ADULTE...
VOUS DEVRIEZ VOUS DÉSHABILLER, VOUS AUSSI.
POC
C'EST TRÈS AGRÉABLE. JOIGNEZ-VOUS À MOI.
SOURIT
ニコ…

FIXE
HM ?
BOBOM
BOUGEZ PAS.
S'APPROCHE
S... SIEUR CHIHARU ?
POF
RIN,
NE...
FRR
BOBOM
BOBOM
BRR
BRR
BRR
BOBOM
BOBOM
QUE...
SOUVENIR DE LA CHASSE DE CE MATIN
EUH...
AH...
VOUS SAVEZ COMMENT PRENDRE UN BAIN ?
AH...
SHH

C'EST TRÈS BON.
MERCI.
!
S'ILLUMINE
ぱあああああああっっ
JE LE DIRAI À YURI !
Y A PAS DE QUOI ÊTRE SI CONTENT.
ÉBLOUI
まぶし…。
IL EN RESTE ENCORE PLEIN, ALORS
MANGEZ-EN AUTANT QUE VOUS VOULEZ.

VOUS N'AVEZ VRAIMENT PAS JETÉ DE SORT DESSUS ?!
STRICT
AU... AUCUN !
GLOUPS
PAS SEREIN
DANS CE CAS,
JE MANGE.
MIOM
AH.
ELLE EST SI FINE QUE SA TEXTURE EST FONDANTE, MAIS...
C'EST PAS ÇA QUI VA ME CALER.
LENTEMENT
FIXE
BOBOM
BOBOM
BOBOM
EUH...
MERCI POUR LE REPAS. J'ÉTAIS AFFAMÉ.

FINE
C'EST...
AH...
C'EST TRÈS DUR D'OBTENIR DES ÉPLUCHURES FINES. J'AI HONTE.
ROUGIT
PFF
HI
HI
CETTE TECHNIQUE SEMBLE ENCORE PLUS COMPLEXE, MAIS BON.
AH... DÉSOLÉ D'AVOIR RI.
KOF
...

VOUS AVEZ ÉPLUCHÉ VOUS-MÊME ?
OUI.
COMME C'ÉTAIT POUR VOUS, J'AVAIS ENVIE DE METTRE LA MAIN À LA PÂTE.
AU FINAL, JE N'AI ÉTÉ D'AUCUNE UTILITÉ.
C'EST EMBARRASSANT.
SOYEZ TRANQUILLE, JE NE VOUS AI PAS SERVI LA POMME DE TERRE QUE J'AI PELÉE.
ELLE EST DEDANS ?
AH
OUVRE
ザ・好奇心
CURIEUX
AH ?!
ATTEN-DEZ !

ENTHOUSIASTE
CONCERNANT LES REPAS, FINALEMENT, LES INGRÉDIENTS NE FONT PAS TOUT. IL Y A LA FAÇON DE LES CUISINER AUSSI !
AH...
DÉCIDÉMENT, IL EST BIZARRE.
Je n'ai même pas la force de lui répondre.
ZIEUTE
IL L'A CUISINÉ LUI-MÊME ?
EST-CE QUE JE PEUX LE MANGER SANS RISQUE ?
SUSPICIEUX
...
EUH... JE NE LUI AI JETÉ AUCUN MAUVAIS SORT.
Vous êtes super méfiant.
C'EST YURI QUI A PRESQUE TOUT FAIT.
MOI, J'AI JUSTE APPRIS À SES CÔTÉS.
ALORS SOYEZ RASSURÉ.
SNIF
SNIF
AH...
DÉSOLÉ, J'AI JUSTE ÉPLUCHÉ UNE POMME DE TERRE.
SNIF
SNIF
SNIF

DITES,
VOUS N'AVEZ PAS FAIM ?
ALLEZ-Y, MANGEZ TANT QUE C'EST CHAUD.
YURI M'A APPRIS À FAIRE CE PLAT. C'EST DU POT...
POT ?
POT ...
POT POT SU...
POT-AU-FEU ?
C'est ça !
DU POT-AU-FEU !
POURQUOI M'EN AVOIR APPORTÉ ?
JE SUIS DÉSOLÉ POUR CE MATIN.
J'AURAIS DÛ RÉFLÉCHIR DAVANTAGE.
C'EST NORMAL QUE VOUS VOUS SOYEZ ÉNERVÉ.

RSHH
QU'EST-CE QUE VOUS FABRIQUEZ ?
SIEUR CHIHARU ! JE SUIS CONTENT QU'ON PUISSE SE REVOIR.
QUE FAITES-VOUS LÀ ?
TAP
VOUS M'AVEZ DIT QUE JE NE POUVAIS PAS ENTRER.
C'EST POUR CA QU'IL A ATTENDU ICI JUSQUE TARD DANS LA NUIT ?
ZIEUTE
AU FAIT, SIEUR CHIHARU.

VIDE
COMME JE NE SUIS PAS ALLÉ FAIRE LES COURSES,
IL NE RISQUE PAS D'Y AVOIR GRAND-CHOSE.
GROUIC
ÉPUISÉ
CRISH
L'A ACHETÉE DANS LE TRAIN
FAUDRA QUE JE M'EN OCCUPE DEMAIN.
JE DOIS AUSSI RANGER POUR POUVOIR Y VIVRE QUELQUE TEMPS ET...
MIOM
MIOM
APPELER LE MENUISIER POUR LA FENÊTRE CASSÉE DE LA CHAMBRE.
MIOM
MIOM
DOM
UNE CHANCE QU'IL SOIT RENTRÉ BIEN GENTIMENT.
FRR
HEIN ?

OUI. DE NOS JOURS, LES HOMMES QUI S'OCCUPENT DES TÂCHES MÉNAGÈRES ONT PLUS LA COTE.
ESSAIE DE NE PAS L'OUBLIER !
JE VOIS.
DANS CE CAS,
J'AI UN SERVICE À VOUS DEMANDER.
MONSIEUR AZUMA, JE VOUS AI ENVOYÉ LE MANUSCRIT.
OUI, DÉSOLÉ.
OUI.
!
DÉSOLÉ POUR L'ATTENTE, URARA.
ON VA MANGER.

ET VOUS, COMMENT AVEZ-VOUS SÉDUIT LE PAPA DE KÔTA ?
HM ? J'AI FAIT DE SACRÉS EFFORTS.
ET SI J'Y AI CONSENTI,
C'ÉTAIT POUR LE RENDRE HEUREUX.
TOUS LES JOURS, J'AI FAIT DE MON MIEUX.
PLUTÔT QUE DE SE DEMANDER CE QU'ON VOUDRAIT,
IL VAUT MIEUX RÉFLÉCHIR À CE QUE L'AUTRE DÉSIRE.
AH !
SANS OUBLIER L'ESTOMAC !
C'EST LE CHEMIN LE PLUS COURT POUR BIEN S'ENTENDRE ♪
…
L'ESTO-MAC ?

OH !
TU ES AMOUREUX DE QUELQU'UN, RIN ?
PARLENT D'AMOUR
OUI, MAIS C'EST UNE PERSONNE DIFFICILE À SATISFAIRE.
QUOI QUE JE FASSE, ELLE NE SOURIT JAMAIS.
OH ~
ELLE EST DURE À SÉDUIRE, ALORS. C'EST ENCORE PLUS EXCITANT♪ ÇA ME RAPPELLE MES DÉBUTS AVEC LE PAPA DE KÔTA.
QUAND JE LUI FAIS DES CADEAUX, ÇA L'ÉNERVE AU LIEU DE LUI PLAIRE.
DES CADEAUX, HEIN ? C'EST COMPLIQUÉ QUAND ON NE CONNAÎT PAS LES GOÛTS DE L'AUTRE.
Je comprends.
TAC
QUE LUI AS-TU OFFERT ?
UN SANGLIER, DES LAPINS ET UN COQ. DE BONS METS BIEN DODUS !
ILS SEMBLAIENT DÉLICIEUX.
NE PENSE PAS UN INSTANT QU'ILS ÉTAIENT ENCORE VIVANTS.
HEIN ? DE LA BONNE VIANDE, C'EST POURTANT UN SUPER CADEAU.
Ça lui fait faire des économies, en plus.
EN EFFET.

LA DATE BUTOIR EST AUJOURD'HUI !
J'AVAIS OUBLIÉ !
PFF ! VOUS AVEZ QUOI, À LA FIN ?
VOUS ÊTES BIZARRE, CES TEMPS-CI !
C'EST TRÈS EMBÊTANT.
JE SUIS EN CONGÉ DEMAIN, ENVOYEZ-LE-MOI AVANT CE SOIR.
HM ? TIENS ? ALLÔ ?
AH, JE VOUS CAPTE MAL.
ALLÔ ?
CLIC
AH...
JE SUIS DÉSOLÉ, MONSIEUR AZUMA.
J'AI FAIM.
GROUIC
JE N'AI MÊME PAS FINI DE RANGER,
MAIS...
PFF
...
PAS LE CHOIX, LE TRAVAIL AVANT TOUT.

J'AURAIS DÛ COMMENCER PAR ÇA.
GRR
GRR
GRR
GRR
BRR BRR BRR
!
DASH
EST-CE QUE C'EST LE SANCTUAIRE ?!
ALLÔ, OUI ?
GRR
OÙ ÊTES-VOUS, MONSIEUR IZUNOME ?!
AH... BONJOUR, MONSIEUR AZUMA.
C'EST TOUT CE QUE VOUS TROUVEZ À DIRE ?!
VOUS ÊTES INJOIGNABLE, QUE CE SOIT PAR TÉLÉPHONE OU MAIL ET VOUS N'ÊTES JAMAIS CHEZ VOUS !
JE ME SUIS MÊME DEMANDÉ SI VOUS NE VOUS ÉTIEZ PAS PENDU ! J'ÉTAIS INQUIET !
J'AI OUBLIÉ DE LE CONTACTER.
JE SUIS DÉSOLÉ. JE SUIS RETOURNÉ À LA CAMPAGNE, HIER.
À LA CAMPAGNE ?!
JE SUIS CONTENT QUE VOUS SOYEZ ENCORE EN VIE. ENVOYEZ-MOI VITE VOTRE MANUSCRIT !
DE QUOI ?
?
HEIN ? VOUS DEVIEZ PUBLIER UN ARTICLE DANS LE PROCHAIN NUMÉRO, NON ?
...
...

VLAN
ALLEZ N'IMPORTE OÙ, TANT QUE CE N'EST PAS ICI !
HUU...
J'AI PERDU FACE À UN COUTEAU ...
POURQUOI A-T-IL TOUJOURS L'AIR EN COLÈRE ?
SIEUR CHIHARU...
TAP
TIENS ?
QU'EST-CE QUE TU FAIS LÀ, RIN ?
TAP
FRR
FRR
AH...
AU MOINS, CE CHANTAGE IDIOT AURA ÉTÉ EFFICACE.

GRR
GLOUPS
BRILLE
GNAP
VOTRE ÉPOUX SE TRANCHERA LA GORGE. C'EST COMPRIS ?!
AH !
JETTE
ÉCOUTEZ-MOI BIEN !
SI VOUS REMETTEZ LES PIEDS DANS CETTE MAISON,
AAAH ! C'EST LÂCHE COMME MENACE, SIEUR CHIHARU !

PAF
AH... JE SUIS DÉSOLÉ.
BOUM
BAM
ELLE EST UN PEU TROP VIVE, ON DIRAIT.
PLIC
PLIC
PAF
...
BRR
VOUS ENTREZ QUAND ÇA VOUS CHANTE.
VOUS BRISEZ LES FENÊTRES...
BRR
ET VOUS ALLEZ MÊME JUSQU'À SACCAGER L'AUTEL DE MA GRAND-MÈRE !

GROUIIIC
SIEUR CHIHARU, DÉSOLÉ POUR L'ATTENTE.
VOILÀ VOTRE PETIT DÉJEUNER !
GROUIIIC
TAP
FLAP
FLAP
FLAP
?!
ATTENDEZ, C'EST QUOI TOUT ÇA ?!
GROUIC
COT
LE PETIT DÉJEUNER !
SÉRIEUX
GROUIIIC
COT
COT
COT
COT
RAMENEZ-LES LÀ OÙ VOUS LES AVEZ TROUVÉS !
HEIN ? MAIS ILS SERONT DÉLICIEUX. ILS SONT TOUS BIEN DODUS.
J'AI CHOISI DES CHOSES QUE VOUS ÊTES SUSCEPTIBLE D'AVOIR DÉJÀ MANGÉES, POURTANT.
???
FLAP
FOUIT
FLAP
FLAP
FOUIT
COT
PARCE QUE VOUS MANGEZ QUOI, VOUS, D'HABITUDE ?
ENFIN BREF, JE NE LES VEUX PAS DANS LA MAISON.
GRR
ILS VONT METTRE LE BAZAR.
DASH

J'AIMERAIS POUVOIR VENIR TOUT DE SUITE,
MAIS NOUS SOMMES UN PEU OCCUPÉS, LÀ. NOUS AVONS UNE URGENCE.
LE DIEU DE L'EAU EST PARTI !
TAP
TAP
PRIONS POUR QU'IL REVIENNE !
C'EST TERRIBLE !
TAP
P... POUR MOI AUSSI, IL S'AGIT D'UNE URGENCE.
FAITES QUELQUE CHOSE.
JE SUIS DÉSOLÉE. NOUS MANQUONS DE PERSONNEL.
MAIS SI ÇA CONTINUE, MA MAISON RISQUE D'ÊTRE DÉTRUITE.
ON VOUS CONTACTERA UNE FOIS DISPONIBLES.
TENEZ BON ! SUR CE...
CLIC
HEIN ?! QUE...
SÉRIEUX ? ELLE A RACCROCHÉ.
DOM
« TENEZ BON. » ELLE EST MARRANTE, ELLE...
COT COT
COT COT COT
HM ?

clic
Tuer un dragon
HM...
clic
Se débarrasser d'un dieu
clic
JE NE TROUVERAI PAS LA RÉPONSE SUR INTERNET.
LES DRAGONS N'EXISTENT PAS ET EN CE QUI CONCERNE LES DIEUX, ON LES ACCUEILLE DEPUIS TOUJOURS AVEC LA RECONNAISSANCE QUI LEUR EST DUE.
DANS UN MOMENT PAREIL, LA SEULE SOLUTION, C'EST DE...
clic
SANCTUAIRE TATSUMORI, J'ÉCOUTE.
HEIN ? UN EXORCISME ? HM HM...
APRÈS, IL PRÉTEND ÊTRE UN DIEU, MAIS SI ÇA SE TROUVE, IL S'AGIT D'UN MAUVAIS ESPRIT OU D'UN DÉMON.
VU QUE JE N'Y CONNAIS RIEN, TENTER QUELQUE CHOSE S'AVÈRE DANGEREUX.

NERVEUX
MAMIE,
SI JE DEVAIS IMAGINER LA FIN DE CE CONTE TRADITIONNEL, VOICI CE QUE ÇA DONNERAIT.
« LE DRAGON S'ÉTANT RENDU COMPTE QUE LE PAYSAN AVAIT UN FILS ET NON PAS UNE FILLE, IL RETOURNA BIEN SAGEMENT DANS SA SOURCE ET LE FILS RETROUVA SA LIBERTÉ.
PAR LA SUITE, LE DRAGON OBTINT LA MAIN D'UNE JEUNE FEMME FAITE POUR LUI ET ILS VÉCURENT HEUREUX…
POUR TOUJOURS. »
GROOOOUU
AH.
!
Mon pauvre.
VOUS AVEZ FAIM.
JE VAIS CHERCHER CE QU'IL FAUT.
FRL FRL
HEIN ?! QUE…
ATTENDEZ-MOI ! JE REVIENS.
…
VLRRT
C'EST À MOI DE TOUT RANGER ?

NE COMPREND RIEN.
IL ME STRESSE !
RIN, QUI EST PERSUADÉ QUE NOUS SOMMES FIANCÉS,
EST UN DIEU DRAGON QUI HABITE DANS LA SOURCE DE LA MONTAGNE.
JE SUIS VENU ICI POUR FUIR MA VIE TOKYOÏTE ET IL M'ARRIVE UN TRUC PAREIL...
COMMENT PEUT-ON AVOIR AUTANT LA POISSE ?
TAC
VOUS ME DÉTESTEZ PEUT-ÊTRE POUR L'HEURE,
MAIS...
IL EST VENU ME CHERCHER APRÈS AVOIR PASSÉ UN CONTRAT AVEC MA GRAND-MÈRE,
MAIS NI LES HOMMES NI L'OCCULTE NE M'INTÉRESSENT.
J'AI BEAU LUI DIRE QU'IL ME DÉRANGE, RIEN N'Y FAIT, IL NE M'ÉCOUTE PAS. ÇA ME DÉPRIME.
JE VAIS ESSAYER DE GAGNER VOTRE AMOUR COÛTE QUE COÛTE.

FFF
EUH...
COMMENT VOUS VOUS APPELEZ, DÉJÀ ?
RIN !
MAIS VOUS POUVEZ M'APPELER « RIN ♡♡♡ ».
BON, RIN.
FLAP
FLAP
FLAP
D'ABORD,
NE VOUS MÉTAMORPHOSEZ PAS À TOUT BOUT DE CHAMP DANS LA MAISON. VOUS ALLEZ LA DÉTRUIRE.
ENSUITE,
JE CROYAIS VOUS AVOIR DIT HIER
DE PARTIR PARCE QUE VOUS M'IMPORTUNIEZ.
DU COUP, POURQUOI ÊTES-VOUS REVENU DANS MA CHAMBRE ?
SIEUR CHIHARU... NOUS ALLONS NOUS MARIER.
COMMENT POURRAIS-JE SUPPORTER DE RESTER ÉLOIGNÉ DE VOUS ?
OÙ QUE VOUS SOYEZ, LÀ SERA MA PLACE.
ICI DEVIENT DONC MA DEMEURE.
FROTTE
...
CE TYPE...

Les écailles d'un dieu ...
Chapitre 2

POF
APPAREMMENT, HIER, LE PAPI QUI HABITE DERRIÈRE A VU QUELQUE CHOSE DE BIZARRE.
FLAP
FLAP
FLAP
FLAP
FLAP
FLAP
IL POURSUIVAIT DES SANGLIERS DANS LA MONTAGNE ET D'UN COUP, LE VENT S'EST MIS À SOUFFLER VIOLEMMENT.
IL A LEVÉ LES YEUX POUR VOIR CE QUE C'ÉTAIT...
FLAP
ET IL A VU UN DRAGON TOUT BLANC QUI VOLAIT HAUT DANS LE CIEL !
AH
BANG
L'AVERSE DILUVIENNE D'HIER SOIR N'AVAIT RIEN DE NORMAL NON PLUS. C'EST EXCITANT ♪
UN DRAGON, HEIN ?
SI C'EST VRAI, ÇA POURRAIT NOUS AIDER À ATTIRER LES TOURISTES,
MAIS SI CETTE CHOSE EXISTE VRAIMENT,
ÇA VA SÛREMENT SEMER LA PANIQUE DANS TOUT LE VILLAGE. DANS TOUT LE PAYS, MÊME !
HA HA HA HA HA

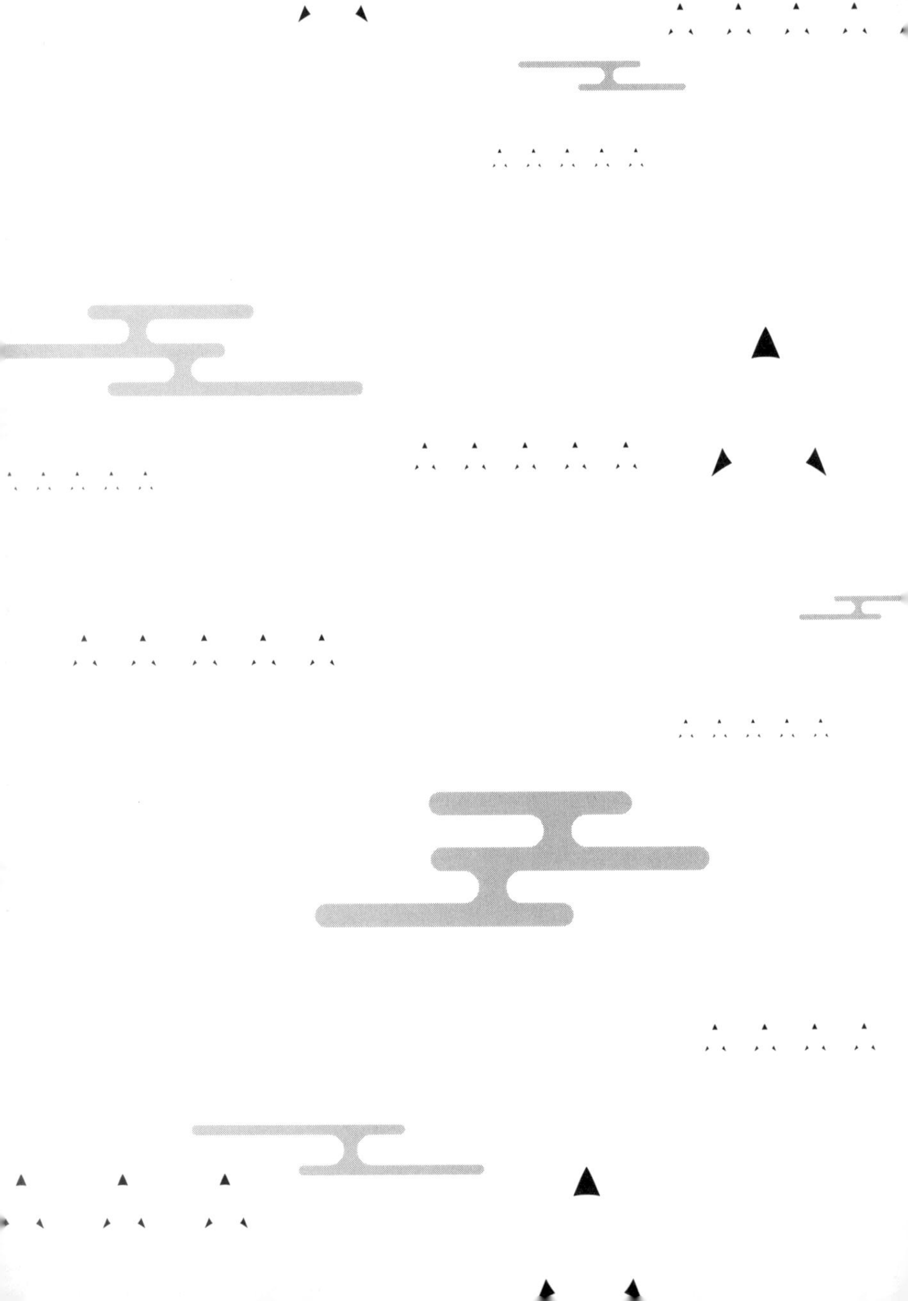

ALORS CHIHARU,
QU'EST-CE QUE TU IMAGINES COMME FIN...
POUR CE DRAGON ET SON ÉPOUSE ?

JE FERAI DES EFFORTS ÉGALEMENT
POUR QUE VOUS FINISSIEZ PAR M'AIMER.
DIS, CHIHARU,
N'EST-CE PAS MIEUX D'IGNORER LA FIN DE L'HISTOIRE ?
APRÈS TOUT, NE PAS SAVOIR CE QUI SE PASSE
LAISSE LIBRE COURS À L'IMAGINA-TION.
À L'IMAGINA-TION ?
OUI. LE DRAGON VA PEUT-ÊTRE MANGER SA FEMME EN COMMENÇANT PAR LA TÊTE, MAIS
SI ÇA SE TROUVE, C'EST UN BEL HOMME ET ILS S'AIMERONT POUR L'ÉTERNITÉ.

BRAOUM
VOUS NE POUVEZ PAS QUITTER LE VILLAGE,
SSHHHH
ALORS QUE VOUS VENEZ ENFIN DE RENTRER.
J'AI ATTENDU SI LONGTEMPS...
IL SE FICHE DE MES SENTIMENTS ?
PAS ÉTONNANT DE LA PART D'UN DIEU.
LE JOUR OÙ JE POURRAIS VOUS REVOIR.
MAIS
SI VOUS AVEZ DU MAL À M'ACCEPTER,
MOELLEUX
!

LA PREMIÈRE FOIS ?
IL A L'AIR D'ÉCOUTER CE QUE JE DIS, MAIS EN FAIT, PAS DU TOUT !
IL N'ARRÊTE PAS DE ME TRIPOTER.
IL S'APPROCHE TROP PRÈS ET...
IL EST TOUT CE QUE JE HAIS. C'EST FLIPPANT.
J'ai senti son souffle...
contre ma bouche
C'EST UN DIEU, ÇA ?!
HM...
LES SENTIMENTS HUMAINS SONT COMPLIQUÉS.
ÇA CRAINT.
AVANT D'ÊTRE DAVANTAGE IMPLIQUÉ,
Izunome
JE RENTRE À TO...
RSHH
ÉBLOUISSANT
PARDONNEZ-MOI, SIEUR CHIHARU.
SSHHHHHHHHH
AH ! C'EST QUOI CETTE PLUIE ?!
OUAH, LE TONNERRE !
SPLAASH
BRAOUM
BRAOUM
BRAOUM

JE VOUS PRIE DE M'ACCEPTER...
ET DE DEVENIR MON COMPAGNON POUR LA VIE.
BRR
BRR
BRR
BRR
BRR
J'IGNORE COMMENT ÇA FONCTIONNE
POUR LES DIEUX, MAIS...
LES GENS NORMAUX ...
ENFIN, MOI EN TOUT CAS,
FAISAIT PARTIE DU CLUB DE JUDO AU COLLÈGE ET AU LYCÉE
JAAAMAIIIS JE N'ÉPOUSERAI UN HOMME...
QUE JE RENCONTRE POUR LA PREMIÈRE FOIS ET QUE JE NE CONNAIS PAS !
GRR
VLAN

JE NE SUIS PAS VENU POUR VOUS FAIRE DU MAL.
JE VEUX...
QU'ON FORME UNE « FAMILLE ».

AAAAAAAH
JE SUIS CREVÉ… C'EST QUOI CE BORDEL ?
REDEVENUE COMME AVANT
OÙ ME FAIRE EXORCISER ?
DANS UN TEMPLE ? UN SANCTUAIRE ?
FROTTE FROTTE
À QUOI PENSAIT MAMIE…
EN M'OFFRANT À UN MEC PAREIL ?
SIEUR CHIHARU.
ELLE ME…
DÉTESTAIT TANT QUE ÇA ?
JE VOUS EN PRIE, NE SOYEZ PAS EFFRAYÉ.

AH
AH ! C'EST QUOI, ÇA ?! MA MAIN...
EH BIEN QUOI ?
EN M'ÉPOUSANT, VOUS VIVREZ DANS LA SOURCE
ET VOUS PRENDREZ LA MÊME FORME QUE MOI !
SI VOUS GARDEZ VOTRE CORPS HUMAIN, VOUS NE POURREZ PAS RESPIRER ET MOURREZ.
DONC ...
...
SI JE N'AVAIS PAS ÉTÉ SUR MES GARDES,
VOUS M'AURIEZ TRANSFORMÉ EN DRAGON ET EMMENÉ DANS LA SOURCE ?
OUI !
FAITES-MOI CONFIANCE ! JE VAIS VOUS CHANGER EN UN BEAU DRAGON CÉLESTE !
C'EST...
C'EST HORS DE QUESTION !
REDONNEZ...
TOUT DE SUITE À MA MAIN...
SON APPARENCE ...
NORMALE !
Aah, trop proche !

JE DOIS ÊTRE LE PLUS DIPLOMATE POSSIBLE TOUT EN RESTANT FRANC.
EUH...
JE VOUS REMERCIE DE M'AVOIR SAUVÉ DES SANGLIERS, MAIS...
JE CHOISIRAI MOI-MÊME LA PERSONNE QUE J'ÉPOUSERAI.
DE TOUTE FAÇON, JE N'AI AUCUNE ENVIE DE ME MARIER POUR L'INSTANT.
POUR ÊTRE HONNÊTE, VOUS M'IMPORTUNEZ.
T(HAC
DÉSOLÉ, MAIS POURRIEZ-VOUS PARTIR ?
JE VOUS IMPORTUNE ?! POURQUOI ?!
MON SUPÉRIEUR ET MES SUBORDONNÉS M'APPRÉCIENT BEAUCOUP, ET JE SUIS TRÈS PUISSANT.
VEUILLEZ PARTIR.
JE NE VEUX PAS ME VANTER, MAIS JE SUIS UN BON PARTI !
VEUILLEZ PARTIR.
COMMENT ? JE SUIS GÊNÉ.
JE PENSAIS QUE MA PROPOSITION VOUS PLAIRAIT.
En quoi ?
IMPORTUNE
迷惑
A... ALORS,
QUE DITES-VOUS DE ÇA ?
GNAP
COMME VOUS ÊTES UN HOMME,
VOUS SEREZ SANS DOUTE EXCITÉ EN VOYANT CECI !
LACHE
TADAM
?!

LUI A OFFERT MA MAIN ?
CETTE HISTOIRE DOIT VOUS PRENDRE DE COURT, MAIS
AVEZ-VOUS BIEN TOUT SAISI JUSQUE-LÀ ?
EN TOUT CAS,
ÇA NE FAIT AUCUN DOUTE QU'IL N'EST PAS ORDINAIRE.
AH,
EH BIEN...
JE COMPRENDS CE QUE VOUS DITES, MAIS DISONS QUE ÇA SEMBLE IRRÉEL.
DÉSOLÉ, MAIS J'AI PASSÉ L'ÂGE D'AVALER DES COULEUVRES.
Quoi ? Ce serait du prosélytisme ?
Je suis encore en plein rêve ?
JE M'ATTENDAIS À CETTE RÉACTION.
MES SUB-ALTERNES ME GRONDENT SOUVENT QUAND JE MANQUE DE DIGNITÉ.
SI JE LE METS EN COLÈRE AVEC UNE REMARQUE DÉPLACÉE, JE RISQUE GROS,
MAIS D'UN AUTRE CÔTÉ, JE SERAIS BIEN EMBÊTÉ S'IL RESTAIT.

EN ÉCHANGE DE LA RÉALISATION DE SON SOUHAIT,
ELLE S'EST ENGAGÉE À M'ACCORDER VOTRE MAIN.
HEIN ?
QU'EST-CE QU'IL VIENT DE DIRE ?
MAMIE...

VOTRE GRAND-MÈRE, SHIZUE,
A ÉTÉ TRÈS BONNE AVEC MOI.
VOUS LA CONNAISSIEZ ?
?
OUI.
SIEUR CHIHARU, AVEZ-VOUS DÉJÀ ENTENDU PARLER DE LA LÉGENDE DE LA RÉGION QUI PARLE D'UNE JEUNE FEMME OFFERTE À UN DRAGON ?
UN HOMME DIT À UN SERPENT QU'IL OFFRIRA LA MAIN DE SA FILLE S'IL FAIT PLEUVOIR,
CE QUE LE SERPENT FAIT APRÈS S'ÊTRE CHANGÉ EN DRAGON.
LE SOIR MÊME, IL VA VOIR L'HOMME RÉCLAMER SA NOUVELLE FEMME.
POUR FAIRE SIMPLE, DISONS QUE C'EST LA MÊME CHOSE.
NOTRE MARIAGE...
ÉTAIT LA DERNIÈRE VOLONTÉ DE SHIZUE.

VOUS ÊTES SÉRIEUX, LÀ ?!
VLAN
JETTE
UNE FONDUE DE SANGLIER ?!
ROULE
VOUS ÊTES QUI, EN FAIT ?!
VOUS POUVEZ M'EXPLIQUER ?!
AH !
GNAP
BOBOM
PAF
ARRÊTEZ, SIEUR CHIHARU. NOUS NE SOMMES PAS ENCORE VRAIMENT ENSEMBLE.
ET QUE COMPTEZ-VOUS ME FAIRE DANS LE NOIR ?
VOUS AVEZ DEVANT VOUS LE DIEU DE L'EAU QUI VEILLE SUR CETTE RÉGION DEPUIS LA NUIT DES TEMPS.
JE SUIS UN DRAGON QUI VIT DANS LA SOURCE OÙ VOUS AVEZ CUEILLI DES FLEURS, AUJOURD'HUI.
UN DRAGON ?

IL Y AVAIT AUSSI DES SANGLIERS ET UN DRAGON.
JE SUIS ENCORE SUPER FATIGUÉ.
FAIRE UN RÊVE DIGNE D'UN CONTE DE FÉES À NOTRE ÉPOQUE...
Désolée pour l'attente.
OH, UNE FONDUE DE SANGLIER ?
OUI. RIN ICI PRÉSENT NOUS A APPORTÉ...
DE LA BONNE VIANDE DE SANGLIER EN GAGE D'AMITIÉ ♡
IL EST ICI ?!
TIENS ? TU ES LE TOURISTE DE TOUT À L'HEURE.
OUI, ENCHANTÉ.
JE M'APPELLE RIN ET JE VAIS VIVRE SOUS LE MÊME TOIT QUE SIEUR CHIHARU À PARTIR D'AUJOURD'HUI !
RAVI DE VOUS RENCONTRER.
GH ?!
GNAP

N'EST-CE PAS MIEUX D'IGNORER LA FIN DE L'HISTOIRE ?
APRÈS TOUT, NE PAS SAVOIR CE QUI SE PASSE...
CHIHARU, TU ES RÉVEILLÉ ?
AH, J'ARRIVE PILE AU BON MOMENT, ON DIRAIT.
DÎNONS TOUS ENSEMBLE, CE SOIR !
C'ÉTAIT UN RÊVE ?
OK.
J'AI L'IMPRESSION QUE ÇA FAISAIT LONGTEMPS QUE...
JE N'AVAIS PAS RÊVÉ DE MON ENFANCE.

EST-CE QUE CETTE HISTOIRE EST VRAIE ?
HM ? LAQUELLE ?
CELLE DU DRAGON QUI FAIT PLEUVOIR.
JE NE SAIS PAS TROP. ELLE DATE DE BIEN AVANT MA NAISSANCE.
IL ARRIVE QUOI À LA FEMME ET AU DRAGON À LA FIN ?
HI HI. QU'EN PENSES-TU, TOI ?
JE CROIS QU'IL VA LA MANGER EN COMMENÇANT PAR SA TÊTE. LA PREUVE, ELLE PLEURE SUR LE DESSIN !
HUM.
C'EST PEUT-ÊTRE PARCE QU'ELLE EST ÉMUE PAR LA BEAUTÉ DU DRAGON ♡
HEIN ? C'EST NUL.
MOI, JE PRÉFÈRE CETTE FIN.
DIS, CHIHARU,

DÉFAILLE
DEVENU FOU...
À FORCE D'ÊTRE STRESSÉ PAR LE TRAVAIL ?
DASH
AH.
QUELQU'UN ARRIVE.
OUAF
OUAF
OUAF
C'EST PAS BON DU TOUT.
?!
GLOUPS
GNAP
FLAP
ACCROCHEZ-VOUS, SIEUR CHIHARU !
QUOI ?
QU'EST-CE QUE C'EST QUE ÇA ?
DIS, MAMIE,

DASH
RETOURNEZ DANS VOTRE BAUGE !
AH... LES PETITS ÊTRES VIVANTS SONT SI OBÉISSANTS. C'EST TROP MIGNON !
HA HA HA HA HA HA HA HA
STUPÉFAIT
NERVEUX
COMMENT J'ÉTAIS ?
GLOUPS
J'AVAIS LA CLASSE ?
C'EST PAS GENTIL. JE VOUS AI PROTÉGÉ DE TOUTES MES FORCES.
OUIN
OUIN
C'EST RÉEL, TOUT ÇA ?
VOUS VOULEZ BIEN RESTER LOIN DE MOI ?!
HEIN ?!
TCHAC
IL Y A UN INSTANT, C'ÉTAIT UN ÊTRE HUMAIN,
ET D'UN COUP,
IL S'EST TRANSFORMÉ EN UN ÉNORME DRAGON,
AVEC DES ÉCAILLES ET UNE CRINIÈRE BLANCHES.
SUIS-JE...

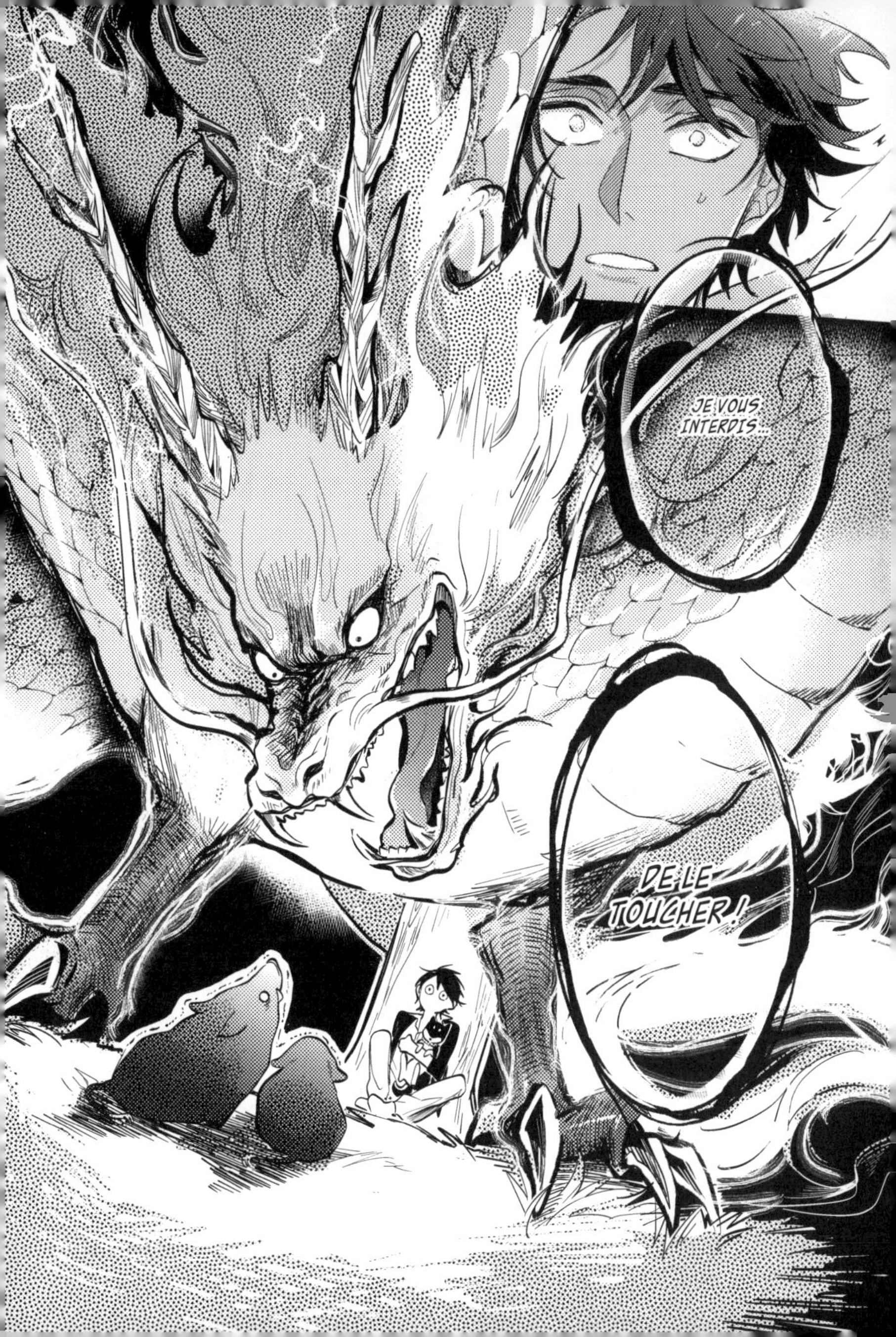
JE VOUS INTERDIS...
DE LE TOUCHER !

TU ES UN VILAIN GARÇON.
GRAC
GRAC
GRAC
GRAC
GRAC
JE VIENS DE VOUS DIRE...
DE NE PAS ÊTRE MÉCHANT AVEC LUI.
VRRT
IL EST À MOI.
QUELLE QU'EN SOIT LA RAISON,
FLAP
FLAP
FLAP
FLAP
FLAP
FLAP

VITE, NOTRE NOUVELLE DEMEURE EST PAR-LÀ, SIEUR CHIHARU. JE SUIS SÛR QU'ELLE VOUS PLAIRA.
HEIN ?
ATTENDEZ, C'EST PAS LE MOMENT DE PLAISANTER.
RRRON !
CRAC
TAP
AH !
VRRT
ÇA CRAINT.
CRAC

TIENS ?
JE VOUS AI INTERROMPUS ?
GRR GRR GRR
ON EST ATTAQUÉS !
TAP
TAP
COMME LES SANGLIERS SONT AFFAMÉS À CETTE ÉPOQUE, ILS SONT IRRITABLES ET DANGEREUX.
RECULEZ DOUCEMENT.
GRR
OH !
ARRÊTEZ ÇA TOUT DE SUITE. NE SOYEZ PAS MÉCHANTS AVEC LUI.
C'EST QUELQU'UN D'IMPORTANT. IL VA DEVENIR **MON ÉPOUX !**
SERRE
TIENS ? C'EST MOI OU LA SITUATION A ENCORE EMPIRÉ ?
?

VRRT
JE VOUS AI ENFIN TROUVÉ !
?!
C'EST LE TYPE DE LA GARE !
PARDON DE NE PAS VOUS AVOIR RECONNU, TOUT À L'HEURE.
J'ÉTAIS PERSUADÉ QUE CHIHARU ÉTAIT UN PRÉNOM FÉMININ.
PARDONNEZ-MOI !
IL EST TOMBÉ DU CIEL ?!
JE N'ARRIVE PAS À CROIRE QUE VOUS SOYEZ VENU À MOI.
?!
POF
GRRR

OUAF OUAF OUAF !
A... ARRÊTE, URARA ! SI TU LES EXCITES...
!
BAM
HII !
ZIEUTE
FOUIT
CHANCELLE
CE SONT CEUX DONT TSUKASA PARLAIT ?
QU'EST-CE QUE JE DOIS FAIRE ?
S'ILS NOUS RENTRENT DEDANS, C'EN EST FINI DE NOUS.
SIEUR CHIHARU !
FFF

FFH
RA ?
CRAC
GRR
GRR
POF
DES SANGLIERS.
AH.
ÇA CRAINT.
ILS SONT ÉNORMES.

DES FLEURS... DES FLEURS...
CELLES-LÀ ONT L'AIR BIEN.
TAC
DOM
LE BRUIT DE LA VERDURE, DE L'EAU...
FFF
JE ME SENS APAISÉ.
FFF
SNIF
SNIF
ON NE PEUT PAS PRENDRE SON TEMPS COMME ÇA À TOKYO.
J'AI PEU DE BONS SOUVENIRS DE LA CAMPAGNE, MAIS
JE SUIS CONTENT D'ÊTRE VENU.
AH !
?
GRR
GRR
QU'Y A-T-IL, URA...

HÉ ! NE T'ÉLOIGNE PAS TROP !
FLISH
CET ÉTANG ÉTAIT AUSSI PETIT ?
TAP
TAP
J'AVAIS L'IMPRESSION QU'IL ÉTAIT PLUS GRAND QUAND ON Y JOUAIT AVEC TSUKASA ET YURI.

GÉMIT
N'EMPÊCHE QUE SON AUTEL EST TRISTE.
JE SAIS !
C'EST RIEN.
!
ET SI ON ALLAIT DANS LA MONTAGNE ?
ON Y TROUVERA PEUT-ÊTRE DES FLEURS POUR DÉCORER.
FLISH
BAIGNADE INTERDITE

JE PRÉFÈRE QUE TU RESTES AVEC MOI POUR TOUJOURS.
TU NE SERAS JAMAIS POPULAIRE AUPRÈS DES FILLES AVEC CE GENRE D'ATTITUDE.
MOELLEUSE
ALORS QUE ÇA DEVAIT ÊTRE DIFFICILE DE S'OCCUPER DE MOI,
DE LA MAISON ET DE TRAVAILLER, ELLE ÉTAIT TOUJOURS GAIE ET...
GENTILLE.
POURTANT...
IL NE REVIENT QUE MAIN-TENANT ?
ALORS QU'ELLE L'A ÉLEVÉ. QUELLE INGRATI-TUDE.
ELLE QUI AVAIT TANT À FAIRE.
ELLE AURA VRAIMENT ÉTÉ À PLAINDRE, LA PAUVRE.

JE ME SOUVIENS TRÈS BIEN DU BRUIT QUE FAISAIT SON STYLO-PLUME EN COURANT SUR LE PAPIER.
SHRR
JE SUIS RENTRÉ.
COMMENT FAISAIT-ELLE POUR TROUVER DU TEMPS TOUT EN S'OCCUPANT DE MOI ?
C'ÉTAIT UNE ROMANCIÈRE QUI ÉCRIVAIT BEAUCOUP D'HISTOIRES.
OH LÀ LÀ.
ENCORE, CHIHARU ?
ON NE PEUT PAS DEMANDER À UN GARÇON DE NE PAS SE BATTRE,
MAIS MONTRE-MOI QUE TU PEUX GAGNER AU MOINS UNE FOIS.
JE NE POURRAI PAS MOURIR EN PAIX SI JE ME FAIS DU SOUCI POUR TOI.
...
DU COUP, C'EST PAS GRAVE SI JE GAGNE JAMAIS.

JE VAIS D'ABORD VOIR MAMIE.
JE SUIS RENTRÉ.
DÉSOLÉ DE NE PAS POUVOIR VENIR PLUS SOUVENT.
JE T'AVAIS PRIS DES SANDWICHS AU PORC PANÉ QUE TU AIMES, MAIS JE LES AI DONNÉS À QUELQU'UN À LA GARE.
J'EN APPORTERAI D'AUTRES LA PROCHAINE FOIS.
VENU LES MAINS VIDES
TU TE RAPPELLES SON VISAGE ?
SNIF
SNIF
MES PARENTS SONT MORTS QUAND J'AVAIS L'ÂGE DE RAISON ET...
JE VIVAIS DANS CETTE MAISON AVEC MAMIE.

CLAC
LES PAPIS DU VILLAGE SONT À CRAN DEPUIS CE MATIN PARCE QUE LES CHAMPS ONT ÉTÉ RAVAGÉS PAR DES SANGLIERS.
JE DOIS VITE Y RETOURNER.
FRR
YURI, TIENS, UN PETIT CADEAU.
VROUM
JE SERAI DE RETOUR POUR LE DÎNER. CHIHARU, URARA, À TOUT À L'HEURE !
AH !
PFF ! IL N'Y EN A QUE POUR TON TRAVAIL !
HM...
AH ! DES SANDWICHS AU PORC PANÉ DE CHEZ HATAYA ! REGARDE, KÔTA ♡
DE LA VIANDE DE LA VILLE !
MAMAN, JE CROYAIS QUE TU DÉPRIMAIS PARCE QUE TU AVAIS GROSSI.
CHUT. PAS UN MOT À TON PÈRE ! ♡
HI HI
ÇA ME RASSURE DE VOIR QUE TSUKASA,
YURI ET KÔTA N'ONT PAS CHANGÉ.
TU NE VEUX PAS MANGER AVEC NOUS, CHIHARU ?
HM...

ÇA FAIT UN BAIL ! TU AS L'AIR EN FORME !
YO, CHIHARU !
YURI, ÇA FAISAIT LONGTEMPS. ET TOI AUSSI, KÔTA.
TU DOIS ÊTRE FATIGUÉ.
TAP
TAP
URARA, TU M'AS MANQUÉ.
FOUIT
FOUIT
FOUIT
ON M'A DIT QUE TU T'ÉTAIS OCCUPÉE DU JARDIN PENDANT MON ABSENCE.
DÉSOLÉ POUR ÇA.
ON EST VOISINS, ALORS ÇA DE PLUS OU DE MOINS...
TU AS BIEN GRANDI !
TU AS ENCORE POUSSÉ, DIS DONC ! JE TE DÉPASSAIS, AVANT.
LES GARÇONS GRANDISSENT PLUS VITE, C'EST PAS JUSTE.
YURI, TU ME DIS ÇA À CHAQUE FOIS.
CHIHARU, JE POSE TES BAGAGES DANS L'ENTRÉE.
JE RETOURNE À LA MAIRIE. JE TE LAISSE GÉRER LE RESTE.
DÉJÀ ?

JE N'AI...
PAS BESOIN D'UNE FAMILLE.
INQUIÈTE-TOI PLUTÔT POUR TOI.
TU N'ES POPULAIRE QU'AUPRÈS DES VIEUX.
LA FERME !
VROUM
ON EST ARRIVÉS !
CLAC
ALLEZ, DESCENDS.
JE SUIS CREVÉ.
BIENVENUE À LA MAISON, CHIHARU !

VROUM
HA HA HA HA HA HA
N'HÉSITE PAS À PUBLIER UN AUTRE LIVRE AUSSI GÉNIAL QUE LE PRÉCÉDENT !
SI TU GAGNES ENCORE UN SUPER PRIX AVEC UNE HISTOIRE SUR NOTRE CAMPAGNE PROFONDE COMME TOILE DE FOND,
IL Y AURA PLUS DE TOURISTES, LES AUBERGES SERONT PLEINES TOUS LES JOURS ET ON VENDRA PLEIN DE SOUVENIRS !
PLUS LA RÉGION SE DÉVELOPPERA, PLUS LES VIEUX ET MOI, ON SERA CONTENTS !
ALORS JE COMPTE SUR TOI, CHER ÉCRIVAIN !
C'EST FACILE À DIRE.
SI TU MANQUES
D'INSPIRATION, POURQUOI NE PAS REVENIR ICI ?
COMME ÇA, TU POURRAIS EN PROFITER POUR TE MARIER.
POUR-QUOI ?
PARCE QUE ÇA TE MOTIVERA ENCORE PLUS À BOSSER SI TA FAMILLE S'AGRANDIT !
POF
AÏE.
T'AS DU CULOT DE RÉPONDRE ÇA. JE T'EN VEUX ENCORE, TU SAIS ?
TU ES PARTI D'ICI POUR L'UNIVERSITÉ DE TOKYO EN DÉCLARANT « JE DEVIENDRAI UN GRAND ÉCRIVAIN COMME MAMIE ». DEPUIS CE JOUR...
HÉ HÉ HÉ HÉ
ARRÊTE DE PARLER DU PASSÉ.

C'ÉTAIT UN TOURISTE ? IL N'EST PAS D'ICI.
COMMENT TU LE SAIS ?
SOUS-ESTIME PAS UN EMPLOYÉ DE MAIRIE.
VROUM
DIS-TOI QUE ÇA FAIT DES ANNÉES QU'ON PROTÈGE NOS PERSONNES ÂGÉES,
ALORS SI CE JEUNE HOMME HABITAIT ICI, LA MAIRIE L'AURAIT DÉJÀ RECRUTÉ.
C'est une main d'œuvre recherchée.
TU N'AS PAS CHANGÉ, TSUKASA.
TU ÉCRIS TOUJOURS, MONSIEUR LE ROMANCIER ?
!
ET TOI ALORS ? ÇA VA, TON TRAVAIL ?
ZIEUTE
EH BIEN, EUH...
VITE FAIT.
VITE FAIT ?

IZUNOME.
CHIHARU IZUNOME.
J'ESPÈRE QUE VOUS RENCONTREREZ RAPIDEMENT VOTRE ÉPOUSE.
VROUM
AH...
AH !
AH
UN INS-TANT !
CHIHARU...
IZUNOME ?

AU MOINS, AUJOURD'HUI, J'AI RENCONTRÉ UNE PERSONNE AU GRAND CŒUR ET LE BANAL SANDWICH AU PORC PANÉ.
QUELLE SUPERBE JOURNÉE ♪
OUBLIEZ LE « BANAL », C'EST JUSTE « SANDWICH ».
?!
VROUM
TUT
TUT
HÉ !
PARDON, JE SUIS EN RETARD !
Oh, une voiture.
TSUKASA.
BON, JE DOIS VOUS LAISSER.
EST-CE QUE ÇA VA ALLER ?
OUI, JE RESTE ATTENDRE MA FEMME ICI.
SOYEZ ASSURÉ QUE JE VOUS RENVERRAI L'ASCENSEUR.
NE VOUS EN FAITES PAS POUR ÇA.
D'AILLEURS, PLUS DE MALAISES, HEIN ?
AH ! AU FAIT, J'AI OUBLIÉ.
GLOUP
JE M'APPELLE RIN.
ET VOUS ?

?
BIZARRE. IL PORTE DES VÊTEMENTS TRADITIONNELS ET A LES CHEVEUX BLANCS, ALORS QU'IL SEMBLE ENCORE JEUNE.
ET PUIS, IL NE SAIT MÊME PAS CE QU'EST LE PAIN.
Ça ne te fait pas mal ?
DÉSOLÉ, MAIS
QUE FAITES-VOUS ICI ?
J'ATTENDS MON ÉPOUSE.
ELLE EST CENSÉE REVENIR SOUS PEU DANS CE VILLAGE.
JE SUIS EMBÊTÉ, CAR JE NE LA TROUVE PAS.
VOUS NE CONNAISSEZ PAS SON VISAGE ?
NON... J'EN AI HONTE.
JE L'AI RENCONTRÉE UNE FOIS QUAND ELLE ÉTAIT PETITE ET
JE NE ME SOUVIENS QUE DE SON NOM.
ELLE DOIT ÊTRE DEVENUE UNE TRÈS BELLE FEMME.
J'ATTENDS CE JOUR DEPUIS LORS.

JE N'AI JAMAIS RIEN MANGÉ D'AUSSI BON !
COMMENT ÇA S'APPELLE ?
VIDE
C'EST UN BANAL SANDWICH AU PORC PANÉ.
VOUS VOUS SENTEZ MIEUX ?
MERCI POUR VOTRE GENTILLESSE.
ROUGIT
ÇA FAISAIT LONGTEMPS QUE JE N'ÉTAIS PAS VENU JUSQU'ICI. J'AI PERDU EN ENDURANCE.
VOUS M'AVEZ SAUVÉ.
AH...
COMMENT PEUT-ON TOMBER D'INANITION ?
HEUREU-SEMENT, C'ÉTAIT RIEN DE GRAVE.
AH,
TU EN VEUX, TOI AUSSI ?
JE PEUX LUI EN DONNER UN PEU ?
OUI, MAIS QUE DU PAIN.
DU PAIN ?
HEIN ?
AH !
EUH... LA PARTIE BLANCHE ET MOELLEUSE.
POUR TOI.
...
IL EST...

ZIEUTE
VUE SANS LUNETTES : 1/10e
Des ordures ?
C'EST QUOI ?
UN KIMONO...
UNE PERSONNE ÂGÉE ?!
DES CHEVEUX BLANCS...
HEIN ?
EST...
EST-CE QUE ÇA...
GH
GROUI...
VA ?
TIENS ?
Il est jeune.
DÉ...
DÉ...
DÉLICIEUX !

のび
TU DOIS ÊTRE FATIGUÉE, URARA.
S'ÉTIRE
TU TE RAPPELLES QUAND TU VIVAIS ICI, PETITE ?
TING
Tsukasa
J'ai un peu de retard. Attends-moi à la gare.
HM...
IL N'Y A QU'UN CHAT,
DES INSECTES,
FLAP
DES CORBEAUX ET...
PFF
C'EST DÉSERT, COMME D'HAB.
HM ?

IL ÉTAIT UNE FOIS UN PAYSAN QUI SOUFFRAIT DE LA SÉCHERESSE.
IL DIT EN PLAISANTANT À UN SERPENT AU BORD DE LA ROUTE « SI TU FAIS PLEUVOIR, JE T'OFFRIRAI LA MAIN DE MA FILLE. »
SOUDAINEMENT,
LE SERPENT SE TRANSFORMA EN DRAGON BLANC ET...
APRÈS QU'UN GRONDEMENT SOURD SE SOIT FAIT ENTENDRE, UNE FORTE PLUIE S'ABATTIT SUR LE VILLAGE.
CE SOIR-LÀ, LE DRAGON SE RENDIT CHEZ L'HOMME ET LUI DIT...
« CONFORMÉMENT À CE QUI ÉTAIT PROMIS, JE VIENS CHERCHER MA FEMME. »
PORTANT LA JEUNE FEMME SUR SON DOS, LE DRAGON VERS LE CIEL S'EN...
HM ?
CE PASSAGE EST ILLISIBLE.
COMMENT ÇA SE TERMINE, DÉJÀ ?
GÉMIT
AH.
GRATTE
GRATTE
GRATTE

Les écailles d’un dieu ...

Chapitre 1

CONTENTS

Les écailles d'un dieu

1

KAMISAMA NO UROKO
MEGURU HINOHARA PRESENTS

Meguru Hinohara